ANC l'Ouvrage complet.   Collection " In Extenso"

LOUIS DE ROBERT

LE PRINCE AMOUREUX

Illustrations de FABIANO

LA RENAISSANCE DU LIVRE

78, Boulevard Saint-Michel. — PARIS

LE PRINCE AMOUREUX

Collection " In Extenso "

L'ouvrage illustré de **3 fr. 50** pour **1 fr.** *France par la poste :* **1 fr. 15**

LISTE DES VOLUMES

LA RENAISSANCE DU LIVRE

78, Boulevard Saint-Michel, PARIS

LOUIS DE ROBERT

LE PRINCE AMOUREUX

ILLUSTRATIONS DE FABIAN

PARIS

LA RENAISSANCE DU LIVRE

78, BOULEVARD ST-MICHEL, 78

LOUIS DE ROBERT

Louis de Robert est né à Paris, le 5 mars 1871. Il débuta dans le journalisme à vingt ans par une chronique déposée avec présomption dans la boîte du *Figaro* et qui eut les honneurs de la première page. La même année il entrait au *Journal* que fondait Fernand Xau et y collabora régulièrement durant quelques années, parmi la brillante pléiade des Mirbeau, Paul Hervieu, Jean Lorrain, Maurice Donnay, Paul Adam, Pierre Wolff, Alphonse Allais, Jules Renard, etc. Puis il se consacra entièrement au roman. Lorsque parut *Un Tendre*, Francisque Sarcey, qui ne connaissait pas l'auteur, écrivit : « Louis de Robert, retenez ce nom; il fera parler de lui. » Vinrent ensuite *Papa*, *l'Envers d'une Courtisane*, *la Reprise*, *le Partage du Cœur*, *le Mauvais Amant*, *l'Anneau*, *la Première Femme*, etc.

Après dix années d'une très brillante production couronnée par le succès, Louis de Robert cessa durant un certain temps d'écrire. Puis il fit dans les Lettres, il y a quatre ans, la plus éclatante rentrée avec *le Roman du malade*, dont le titre seul était l'explication d'un long silence et au sujet duquel Henri Lavedan écrivit : « Ce livre poignant, et qui demeurera, est l'historique le plus touchant et le plus rigoureux, le plus beau, le seul que je connaisse et qui ait jamais été entrepris, d'une irrémédiable épreuve, subie et acceptée sans colère ni plainte, avec un génie de tendresse et un héroïsme de sérénité qui ont la splendeur d'un exemple. »

La manière de cet écrivain qu'Émile Faguet, au cours d'une récente étude, salue comme « un des plus beaux talents de ce temps », se caractérise par une accumulation de détails observés qui font de tout ce qu'il écrit une surprenante imitation de la vie.

Lauréat de l'Académie française pour l'ensemble de ses œuvres, Louis de Robert est chevalier de la Légion d'honneur.

LE PRINCE AMOUREUX

A LÉON BAILBY
son ami,
L. R.

I

Le grand-duc Louis contraria fort, à dix-huit ans, la famille impériale par un penchant à l'isolement que rien ne semblait expliquer. Simple effet d'une timidité excessive sans doute? Le malaise était visible que lui causait toute présence féminine. Ce n'était pas seulement l'émoi qu'on remarque chez certains adolescents à l'approche d'un jupon, ces gaucheries, ces rougeurs subites et ces brusques silences et ce trouble de toute leur personne; c'était aussi une fébrilité, un agacement, une irritation voisine de la colère que témoignaient ses regards au milieu de sa confusion. Longtemps on ne put obtenir de lui qu'il parût à la Cour. Et la première fois qu'on l'y vit, à un dîner que l'Empereur donnait aux représentants des puissances étrangères, la duchesse d'Albany, la femme de l'ambassadeur d'Italie, à laquelle il se trouvait, au sortir de table, offrir le bras, le vit si pâle qu'elle lui demanda :

— Vous êtes souffrant, Monseigneur ?

— En effet, madame, répondit-il sèchement.

Et, la saluant avec raideur, il appela Forsdorff, le maréchal de la cour attaché à sa personne, et se retira.

Il y avait chez le grand-duc Louis l'union d'un très grand orgueil à une sensitivité de jeune fille. Ayant grandi hâtivement et d'une façon exagérée, resté très maigre en sa haute taille, il se sentait disgracieux. D'où fureur contre lui, révolte de son orgueil devant les regards de ces êtres jolis, élégants, harmonieux, où, sous le respect dû à son rang, il voulait, certainement à tort, démêler comme une discrète moquerie.

Longtemps il fut ainsi, et cette disposition malheureuse de sa nature, l'alliance de cette hauteur native à la crainte de déplaire, refoula ses élans, lui donna cette apparence taciturne, fit de lui le sauvage légendaire dont on ne s'expliquait pas l'horreur qu'il avait ou semblait avoir en général de son prochain.

Des médecins consultés, les premiers de l'Empire, s'en tinrent à des prescriptions vagues : de l'hygiène physique, de l'hygiène morale, des distractions, les voyages. Mais ce fut Forsdorff qui, dans son dévouement à Son Altesse, trouva le remède. Vieux soldat, ayant fait la guerre avant d'être pourvu d'une charge à la Cour, il était l'homme des moyens radicaux. Celui qu'il employa était le plus simple de tous. Une nuit, une fort jolie fille fut introduite dans la chambre du prince. Louis ne dormait pas ; une veilleuse, seule, éclairait la pièce, et la fille, d'une beauté ardente, était nue. Forsdorff, inquiet de son audace et craignant que la colère de son maître ne fût la seule récompense de son zèle, écouta derrière la porte, s'attendant à voir celle-ci s'ouvrir et la fille sortir. Heureusement ses craintes furent vaines. Le prince ne la renvoya pas.

Alors ce fut pour la famille impériale un

autre sujet d'inquiétude. La fille était une danseuse de l'Opéra Italien. Louis s'éprit d'elle avec une violence de sentiments où se manifestait avec éclat le déséquilibre nerveux d'une nature longtemps contenue. Sa passion toute neuve ne connut pas de bornes. Il fit tous les projets des amants romanesques, rêva la fuite, la vie à deux dans une cabane au bout du monde, commit toutes les extravagances, se montra sur les promenades, manifestement, avec la danseuse, voulut pulvériser ses rivaux — et il en avait! — Le scandale monta jusqu'à l'Empereur, son père, qui exigea une rupture. La danseuse reçut l'ordre de quitter les États et Louis de prendre du service dans un régiment de grenadiers.

Le désespoir du prince fut sombre et fit craindre pour ses jours. C'est à ce moment qu'on se décida à lui donner une maîtresse décente. Les conseillers de l'Empire eurent, dit-on, à délibérer sur cette grave question, et le choix de ces hommes d'État tomba sur une des plus jolies femmes de la Cour, la comtesse de Stief, dont le mari fut pourvu d'un poste diplomatique à l'étranger. Les négociations furent longues. Louis, d'abord, repoussa toutes les ouvertures. Puis il céda. Et ce fut une nouvelle liaison, mais plus stable et plus conforme aux désirs de son auguste famille.

A la folle passion, aux extravagances succéda un train de choses régulier et tranquille. La comtesse fut une servante trop docile pour ranimer chez son amant un feu qui s'éteignait. Elle se plia à tous ses caprices et oublia ainsi de se faire désirer. Il fallait à Louis plus de résistances. Il savait autrefois que sa danseuse le trompait, et c'est de cet aliment : la jalousie, que sa passion flambait. Aujourd'hui, paisible, satisfait, la régularité de cet amour facile, sans luttes,

sans péripéties émouvantes, sans épisodes de roman, le fit bâiller. Quand elle le vit las, la comtesse, en digne servante, se retira. Alors il voyagea.

Ce fut au cours de ses voyages que s'affirma son inclination très vive pour les filles du peuple. En Andalousie, une gitane réveilla en lui des ardeurs qu'on eût cru taries. Puis le calme revint. A plusieurs reprises, ainsi, il subit pour différentes femmes de condition inférieure des crises de tendresse. En temps normal sa nervosité se maintint extrême. Il essaya des cures d'eaux, à peine commencées, aussitôt abandonnées. Il dormait quatre heures par nuit, ne pouvait souffrir le bruit et redoutait le silence. La lecture le fatigua. Les sports l'ennuyèrent. Il ne vivait vraiment que dans l'état d'amoureux. Dès qu'il aimait, ses organes se suractivaient, décuplaient leurs fonctions. Une force sourde, violente et capiteuse circulait en ses veines; quand elle le quittait il était épuisé et une sorte de torpeur, d'ennui morne le prenait. A vingt ans, il s'annonçait aux yeux des sages qui l'entouraient comme ne devant jamais être heureux. Peut-être ces sages se trompaient-ils? Ils se trompaient s'il est vrai que le don le plus précieux que puisse recevoir un homme est celui de sentir. Il sentait avec une intensité inconnue au commun des hommes, et, s'il en souffrait, car nul n'échappe aux intransgressibles lois de l'équilibre, qui sait si cette souffrance redoutée ne lui était pas chère pourtant?

Au mois d'août de l'année 1900, il occupait à Biarritz, sous le nom de Louis Servin, une villa louée en hâte et installée en quelques jours par le fidèle Forsdorff, pour obéir à une de ces décisions subites dont Son Altesse était coutumière. Vivant dans le plus strict incognito, Louis traversait le cosmopolitisme élégant de cette plage à la mode, comme on traverse un désert. Il ne voyait pas la foule et la foule ne le voyait pas. Seul, un jeune désœuvré, Roger de Létang, avec lequel il s'était, l'hiver précédent en Espagne, lié d'amitié, avait le privilège de rompre sa solitude. Le prince, excessif dans l'amour comme dans la haine, se livrait aussi vite qu'il se fermait. Roger lui avait plu tout de suite, et sa sympathie pour lui allait même jusqu'au tutoiement. En vain avait-il exprimé le désir d'être, en retour, l'objet d'une pareille familiarité. Tout ce qu'il avait pu obtenir de Roger, un peu snob et respectueux des grands de ce monde, c'est qu'il ne l'appelât pas « Monseigneur. », mais plus cordialement « mon cher prince », ou « mon cher Louis ».

Fort riche et garçon, l'ami du grand-duc occupait, à quelques kilomètres de Biarritz, à Sainte-Marie-des-Dunes, un coquet chalet, enfoui dans les verdures et modestement appelé « l'Ermitage ».

— Forsdorff, dit un jour le prince, qu'on me mette dans une valise du linge et quelques objets de toilette. Je vais passer une semaine à « l'Ermitage ».

— Bien, Monseigneur,

— A propos, Forsdoff, ce n'est pas tout. Je pars seul.

— Votre Altesse dit ?...

— *Allons, c'est fini cette brouille ?*

— Je dis que je pars seul.

— C'est impossible, Monseigneur.

— Et pourquoi, monsieur ?

— Votre Altesse sait que j'ai reçu de l'Empereur la consigne de ne pas la quitter.

— Au diable ta consigne ! s'écria Louis impatienté.

— Je suis soldat, Monseigneur.

Le prince tourna plusieurs fois sur lui-même. Cet obstacle l'irritait et aiguisait le désir qu'il avait de cette fugue de collégien.

— Forsdorff, dit-il, tu m'ennuies. Je meurs ici. Or, je veux être gai, tu m'entends ! Va dormir et laisse-moi en paix.

Et comme l'aide de camp se retirait :

— Fais préparer ma valise.

— Alors, j'accompagnerai Monseigneur.

Le prince fronça les sourcils, frappa du pied.

— Monsieur, fit-il avec hauteur, avant toute autre consigne vous avez celle de m'obéir ?

— Oui, Monseigneur.

— Eh bien ! je vous donne l'ordre de demeurer ici. Telle est ma volonté. Je vous le dis en bon français.

Puis, aussitôt, s'approchant du maréchal, car il était attaché à lui, sachant son dévouement à toute épreuve, Louis le prit aux épaules, et avec une expression enfantine :

— Allons, c'est fini cette brouille ?

C'est ainsi qu'il acquit la faveur de dépouiller le personnage impérial et d'aller, pour quelques jours, s'amuser à son gré, où bon lui semblait, comme le premier venu.

Exercer ce droit d'être libre qu'ont tous les êtres du monde, sauf les princes, lui paraissait du prodige. Le premier soir, à dîner chez Roger, il mettait les pieds sur la table et riait comme un enfant. Cette chose si simple, ce dîner entre garçons, sans qu'il sentît autour de lui, derrière les portes, des présences respectueuses, l'enthousiasmait jusqu'au délire. Le couvert était mis dans le parc, sous des arbres centenaires, d'où tombait une lumière mourante. C'était une fin de journée exquise, la paix d'un soir tiède et amoureux. Louis, grisé, cassait les plats dont il s'était servi, jouissait de l'ahurissement de Tiburce, un jeune pâtre que Roger, par souci de la couleur locale, avait engagé ici pour y remplacer, plus naïvement, le maître d'hôtel professionnel.

Après le dîner, sur des divans :

— Ça manque de femmes, dit le prince.

— Des femmes! C'est facile, répondit Roger.

— Quelles femmes?

— Des filles du pays. C'est mardi, jour de musique. Toutes dansent le fandango sur la place. Nous trouverons là ce que nous voudrons.

— Des filles du pays? *All right!* comme dirait mon cousin de Galles.

Et le prince appela le domestique :

— Jeune pâtre, quel temps fait-il ce soir? Fait-il du vent?

— Non, monsieur.

— C'est bien, tu me donneras un mouchoir mauve.

Le pâtre réfléchit un instant ; puis comme son maître regagnait sa chambre, il vint lui confier à l'oreille ce qui le préoccupait. On entendit Roger s'exclamer :

— Ah! ah! Elle est bien bonne!

Et il cria à travers la cloison :

— Savez-vous ce que Tiburce vient de me dire? Il vient de me dire : « Monsieur, est-ce qu'il n'est pas un peu fou *cet homme?* »

Le prince rit aux éclats.

— « Cet homme » est bien. Tiburce, viens ici. Tiburce, tu es admirable. Tiburce, je ne suis pas fou, je suis joyeux. Et je veux que tu le sois aussi. Tiens voici pour toi. Prends... Mais prends donc, imbécile!... Et regarde ces pièces... Il y en a d'Autriche, de Grèce, d'Allemagne et de partout. Ce sont des portraits de famille, mon garçon... Tiburce, tu rigoles... Tu as raison... Ah! quel bon rire tu as! Ça fait plaisir à voir... Allons! donne-moi mon chapeau... C'est bien... Veux-tu voir, maintenant, la tête d'un homme qui fait la noce... Ohé! Ohé!... Je fais la noce! A moi Alexandrine! Josépha! Armande! Hubertine! Ninette!...

— Ninette, justement, dit Roger qui ouvrait la porte, Nous commencerons ce soir par Ninette.

II

— Qu'est-ce que monsieur prend le matin? demanda Tiburce quand il eut ouvert les volets.

Le jour entra, limpide, éclairant une chambre toute simple, au grand lit de cuivre, où le grand-duc, couché sur le dos, s'étira bruyamment.

— Bonjour, Tiburce. Comment vas-tu, Tiburce? Tu as bien dormi? Serre-moi la main, mon garçon. Bon. Là-dessus, permets que je me lève. Ça ne t'offusque pas de voir mes jambes?... Tiburce, figure-toi que je suis un homme timide. Tout le monde le dit. Cela doit être. Eh bien, avec toi je suis à l'aise. Tu me mets à l'aise, Tiburce... Au fait, que voulais-tu ?

— Savoir ce que vous prenez, du café au lait ou du chocolat ?

— Tiburce, tu manques de style. C'est ton charme... Tourne-toi un peu vers la fenêtre et dis-moi le temps qu'il fait.

— Très beau.

— Et le ciel ? Est-ce qu'il n'y a pas un petit nuage à droite ?

— Non, monsieur.

— Pas de petit nuage, tu es sûr ?

— J'en suis sûr.

— Très bien. Dans ce cas, écoute-moi bien et ne le dis à personne : Tu me donneras du thé léger avec un œuf cru. Va.

Et comme le pâtre sortait avec la conviction que « cet homme était décidément fou », le prince le rappela :

— Tiburce, que fait ton maître ?

— Il dort, monsieur.

— Comment, je dors ! exclama à ce moment une voix dans le corridor.

Et Roger parut en veston de flanelle, la moustache embroussaillée. Il bâilla, s'assit, demanda :

— Ça va, ce matin ?

Le prince, sans répondre, prononça :

— Et Ninette ?

Ce nom jeté dans son esprit y était resté. C'est en vain que la veille, au fandango, Roger lui avait montré Mariette Salbat, élancée et fine, l'air déluré sous le masculin béret basque, et Blanche, la fleuriste, et Berthe Miron et d'autres jolies filles, fraîches, simples et de grâce champêtre. Ninette avait sur toutes les autres l'avantage d'être absente et de piquer sa curiosité.

— Ninette ! C'est étonnant ce qu'elle est

demandée ! avait répondu, à une interrogation de Roger, un jeune élégant qui passait.

Et le prince, entêté, voulait voir Ninette. Or, chaque heure qui s'écoulait augmentant son désir, celui-ci, infime et négligeable au début, prenait une force appréciable et l'irritait déjà.

— C'est bien simple, dit Roger. Je vais lui écrire de venir ce soir.

— Et elle viendra comme ça ?

Elle avait du charme, un charme de soleil
(p... 10).

— Oui, mon gentilhomme.

Roger griffonna un mot sur-le-champ et appela Tiburce.

— Tiburce, tu sais où demeurent les Etchebal ?

— Oui, monsieur.

— Tu connais bien Martine, tu sais bien, celle qu'on appelle Ninette ?

— Je la connais.

— Alors, écoute bien ce que je te dis : Tu vas aller flâner autour de leur maison et si tu l'aperçois tu lui remettras ce mot. Ne le remets qu'à elle-même et prends garde de n'être pas vu par son frère. Tu m'as compris ?

— C'est compris.

Quand Tiburce revint, sa commission faite, ce fut le prince qui l'interrogea :

— Tu l'as vue elle-même ?

— Oui, monsieur.

— Elle a lu le mot ?

— Oui, monsieur.

— Qu'a-t-elle dit ?

— Elle n'a rien dit.

— Elle ne viendra pas, conclut Louis, pessimiste.

— Moi je vous dis qu'elle viendra, affirma Roger.

Et il n'en fut plus question.

Or, l'après-midi, vers trois heures, comme ils partaient, à bicyclette, pour Cap-Breton — en 1900 l'usage de la bicyclette constituait encore un sport élégant — Roger, en tournant la rue Jasmin, arrêta court son compagnon.

— Tenez, la voici justement votre Ninette.

La rue était vide, les volets des maisons clos, à cause des mouches et de la chaleur. Le prince vit une robe beige qui cheminait devant eux. Roger fit un appel et la robe se retourna.

Ce qu'éprouva tout d'abord le prince ressemblait à une déception légère. Ninette n'était pas jolie. Les cheveux abondants, relevés à la diable sur le sommet de la tête, découvraient un front petit. Il y avait dans les yeux de l'étonnement, du calme et de l ruse. Ils traduisaient un sommeil d'intelligence auquel, pourtant, il ne fallait pas trop se fier. Singulier mélange de paix animale et de malice. Le nez était agréable, la bouche charnue, les dents saines, la peau transparente, une peau de blonde aux pores dilatés. Et le prince, à mesure qu'il s'approchait, trouvait que sans être jolie elle avait du charme, un charme de soleil, d'été, de nature et d'amour.

— Je te présente mon ami Louis Servin, dit Roger.

Elle leva sur lui un regard assuré, rieur et tranquille, et se cambra un peu, d'instinct, parce que son regard, à lui, s'attardait maintenant à ses épaules, à son buste jeune, à sa taille libre dans la blouse mauve qu'enserrait sur la robe beige une ceinture blanche.

— J'ai reçu votre mot et j'allais vous écrire parce que je ne pourrai pas ce soir.

— Et pourquoi ? dirent ensemble Roger et Louis, avec une différence d'intonation qui mit aussitôt en relief l'intérêt visible du second.

Elle répondit : « parce que » comme les femmes et les enfants quand ils ne veulent pas s'expliquer. Puis comme elle faisait mine de les quitter, Roger la retint.

— Tu n'es pas pressée. Reste un instant. Mon ami a des choses amusantes à te dire.

— Qu'est-ce qu'il a à me dire ?

— Si tu es sage, il te dira l'avenir.

La curiosité fit briller les yeux de Ninette.

— Il sait lire dans la main ?

— C'est son métier.

Elle eut un geste incrédule.

— Je t'assure.

— Vous êtes superstitieuse ? demanda le prince.

— Beaucoup.

— Ne restons pas là, dit Roger. Promenons-nous.

— Et si on me rencontre avec vous ?

— Allons du côté des Tilleuls. Il n'y a personne.

Elle eut une courte hésitation. Puis :

— Alors, dix minutes seulement, parce qu'il faut que je rentre.

Elle marcha, légère, flanquée à droite de Roger, à gauche de Louis, chacun tenant par le guidon sa machine dont le grelot tintait. Comme ils passaient devant la terrasse vide du Grand-Café, Roger appela le chasseur qui les en débarrassa.

— Alors vous êtes superstitieuse? reprit Louis, pour dire quelque chose.

Elle répéta :

— Beaucoup.

— Comme tous les Basques, fit Roger.

Le prince, un peu gauche, dans ces préliminaires, était tenté depuis un instant de lui donner le bras et n'osait. Il s'injuriait intérieurement pour son inconvenable timidité, se croyait soudain enhardi, avançait la main et se sentait défaillir. Ninette devinait-elle son trouble ? Ce fut elle qui passa son bras sous le sien, et elle le fit si gentiment qu'il en eut le cœur plein de gratitude. D'abord il avait rougi légèrement. Maintenant une douce chaleur venue de ce petit bras se répandait en lui. Il éprouva de l'allégement, de la gaîté, de l'allégresse. Le déséquilibre de ses nerfs portés à leur état le plus aigu de sensibilité créait ces disproportions singulières entre ses sensations et leur cause. Il admira l'aisance avec laquelle il retira de son veston une boutonnière de tubéreuses pour la lui offrir. Puis il parla. Il dit des

choses faciles et ne se trouva pas trop sot. Ils avaient gagné la route de Biarritz, s'étaient arrêtés dans l'herbe d'une prairie Roger sifflotait à l'écart.

— Vous viendrez ?

— Je ne sais pas.

— Si, vous viendrez. Il faut que vous veniez.

Il crut adroit d'ajouter négligemment :

— Moi, c'est très curieux, je porte bonheur aux femmes.

Elle le regarda, intéressée, voulut qu'il lût tout de suite dans sa main si elle serait aimée, si elle vivrait vieille, si elle serait riche, car elle souhaitait l'amour, la vie longue et la fortune. Il ne savait comment s'en tirer et promit de s'acquitter le soir de cette tâche. Il la dominait de sa haute taille, avait envie de la prendre aux aisselles, de l'élever jusqu'à lui et de lui prodiguer des caresses.

Comme elle avait chaud, il tira son mouchoir et se mit à l'éventer. Elle sourit.

— Vous êtes drôle.

Il voulut discerner un compliment dans cette expression. Il éprouvait une joie d'amour-propre à se dire que c'était Louis Servin qui, par ses attraits personnels, conquérait cette fille.

— Je vous ai aperçu le jour de votre arrivée, quand vous êtes passé en voiture avec Roger. Je savais bien que je vous connaîtrais. Dès qu'il vient une nouvelle figure jusqu'ici, ça ne manque pas, il faut qu'on nous présente.

Elle ajoutait ingénument qu'elle se donnait quand ça lui plaisait, à qui lui plaisait Elle ne voyait aucun mal à ça.

— Et vous ?

— Au contraire.

Et déjà il se sentait jaloux de tous ces inconnus, de toutes ces moustaches qui lui avaient plu jusqu'ici. Il l'interrogea sur

Roger. Elle parut ne pas comprendre, puis elle se récria. Elle était allée chez lui, avec des amies, pour s'amuser, boire un verre de champagne, écouter de la musique. C'était tout. Il fallait la croire. Elle était très fière et ne mentait pas.

— Comment le trouvez-vous?

— Qui?

— Roger.

— Je vais être très franche : il ne me plairait pas.

Il brûlait d'ajouter : « Et moi? » redouta la même réponse, se tut un instant, repris par le malaise du début, répéta pour gagner du temps :

— Ah! il ne vous plairait pas... c'est curieux.

— Pourquoi curieux?

— Je ne sais pas.

Il ne savait plus ce qu'il disait, tourmenté par la question qu'il se retenait de poser et qui jaillit pourtant :

— Et moi?

Elle dit plus bas :

— Vous, je vous trouve gentil. Il exulta :

— Alors vous viendrez ce soir?

— Oui.

Et il eut l'impression que vingt fois, cent fois il se rappellerait ces réponses quand il serait seul, retiré en lui-même, dans cette petite retraite close du souvenir, mais elle s'inquiéta du temps qui passait : il fallait qu'elle rentrât.

Ils revinrent vers la ville. Elle était là, conquise, et il jouissait de ce triomphe facile. A présent sûr de lui, rendu à ses jeunes caprices, il exigeait d'elle qu'elle le traitât familièrement, qu'elle lui manquât de respect, qu'elle l'appelât : « Cruche, tourte et manche à balai ». Elle s'y refusait.

— Si, si. Vous ne savez pas comme ça m'amuse!...

Elle s'y reprit à deux fois, prononça :

— Cruche.

— Ah! ah! s'exclamait-il.

— Tourte, moule, manche à balai.

— Ah! ah! Elle est impayable!

Et il riait comme un enfant.

III

Roger, au piano, sifflait la sérénade de Schubert. Il la sifflait avec un art singulier qui exprimait intensément le charme aigu, frémissant et tendre de cette page admirable. Le prince, à terre, sur des coussins, écoutait bruire en lui, dans ce sublime accompagnement, l'inquiétude de ne pas voir Ninette. Et la vertu de cette musique transformant les sentiments qui l'animaient donnait à son attente banale d'une petite fille quelconque une grâce magnifique et triste.

Les nerfs tendus et frémissants il vivait en cette fraction infinie du temps, en cette prestigieuse minute, en cet instant démesuré, tout le drame d'émotions, de tourments et d'angoisses d'une passion douloureuse et désordonnée. Son âme grisée emplissait des paysages, peuplait des villes, créait des mondes. Et ce n'étaient que sombres tableaux, qu'amants éplorés, que désespoirs, que déchirements ; ce n'étaient qu'appels vains, que séparations, qu'exils et que lamentations. Alors, dans l'obscurité de son être où grondaient les puissances déchaînées de l'amour, il prenait conscience, comme en rêve, du fond amer que remuaient toujours en lui les fureurs amoureuses. Et il était pris d'une envie étrange, d'une maladive envie de sangloter.

Mais la musique cessant, dans le silence qui suivit, il retrouva, parmi les coussins, étendue sur le tapis, une chose molle, une chose vide, une chose qui ne souffrait pas et qui était son corps.

— C'est admirable! admirable! admirable! répétait-il, rendu à la vie physique, à l'usage de sa voix, de son esprit.

Alors, comme il s'était levé et marchait dans le salon, la porte s'entre-bâilla doucement et il aperçut Ninette qui se tenait sans rien dire au seuil du salon.

— Comment! Vous étiez là!... Nous n'avons rien entendu.

Elle entra avec un petit air effarouché et gentil, promena son regard calme et rusé sur les choses, consentit à s'asseoir et déclara qu'elle était là depuis un instant, que Tiburce avait voulu l'introduire, mais qu'elle avait préféré attendre pour ne pas les déranger. Le prince lui tenait les mains et marquait un plaisir jeune à la voir, à l'entendre, à la sentir là, près de lui.

— Coquette, dit-il.

Elle portait, en effet, un petit corsage de soie rose dont elle déclara s'être vêtue dans l'obscurité de sa chambre, à l'insu de ses parents. Était-ce vrai? Et ses parents s'occupaient-ils tant d'elle? Le prince souriait, ne parvenant pas à

Elle demanda du champagne, puis des vins d'Espagne... (p. 14).

se persuader que ceux-ci fussent des gardiens bien farouches de la vertu de leur fille.

— Pourquoi riez-vous?

— Parce que tu me plais.

Il n'éprouvait auprès d'elle, ce soir, aucune contrainte. Il se sentait ardent, viril, maître de soi, prêt à toutes les audaces, et cela qui l'étonnait, l'enchantait intérieurement. Il avait pris place à ses pieds sur les coussins où, tout à l'heure, étendu, il tremblait qu'elle ne vînt pas. Elle était là. Qu'était-elle? Une petite chose très simple et sans mystère. Une forme rose et grise. Un être jeune et gentil, sans plus. L'âme du prince, réservoir d'idéal, en faisait un objet de prix. Il la regardait séduit, incapable de retrouver devant ce visage qui n'avait pourtant pas changé, la première impression qu'il en avait eue, quand elle s'était retournée tantôt à l'appel de Roger. Déjà elle était autre pour lui; car, familiarisé avec ses traits, il les parait maintenant de tout le charme qu'il tirait de lui-même. Il s'installait en elle, peu à peu, et c'est son propre rêve qu'il admirait en l'admirant.

— Tu me plais. Ta bouche me plaît, avec

ses dents qui luisent, et ton nez, et tes yeux, et le grain de ta peau.

Il trouvait charmant ce grain de peau délicat chez cette demi-paysanne. Il trouvait charmante la tranquillité malicieuse de son silence. Mais Roger interrompit sa contemplation pour s'enquérir de ce qu'elle voulait boire. Elle demanda du champagne, puis des vins d'Espagne, puis du thé. Le prince s'amusait de la gaieté nerveuse qui s'empara d'elle bientôt, et lui-même, étourdi un peu, la baisait sur la bouche, entre deux rires.

Il cherchait maintenant un moyen de l'entraîner vers sa chambre, appréhendant soudain un retour de sa timidité quand il lui faudrait agir. Et ce fut elle qui lui offrit le prétexte désiré.

— Qu'est-ce que vous mettez donc sur vous? Ça sent très bon.

C'était de la verveine, tout simplement, mais une verveine spéciale qu'il faisait venir de Constantinople. En voulait-elle? Il prit un candélabre et la précéda dans sa chambre. Là, il referma la porte.

Elle débouchait de petits flacons, curieuse et amusée. Il la fit s'asseoir, porta les mains à son col pour le dégrafer et s'embarrassa dans une cravate de soie rose nouée autour.

— Qu'est-ce que vous faites?

— Laisse.

Elle fit mine de se dégager. Il la retint. Et ils jouèrent à qui serait le plus fort, ce qui rapprocha leurs têtes et réunit leurs lèvres. Elle fermait les yeux, et il semblait, tant elle était pâle, qu'il aspirait ainsi, dans ce baiser, toute sa vie, toute son âme. Après quoi elle se laissa docilement défaire sa cravate.

Mais à chaque pièce de son costume la lutte recommença.

— Nous allons retirer cela.

— Oh! non!

— Oh! si!

Ils se défiaient, lui décidé, elle sereine, avec la ruse embusquée tout au fond de ses yeux. Et ils semblaient l'un et l'autre dupes de leur comédie, comme si ces résistances ne la révélaient pas, tout simplement, désireuse de se faire prier, comme si tout cela ne devait pas aboutir à ce qu'ils savaient. Elle se défendait comme une jeune bête, sans paroles, en détournant de lui ses regards, et elle lui donnait ainsi, par instants, l'illusion d'une volonté contraire à la sienne, d'une résolution fixe de se soustraire à lui, d'un entêtement inexplicable et farouche qui le faisait douter de soi et enfiévrait son désir.

— Allons, tu sais bien que je serai le plus fort.

— Croyez-vous?

Jouait-elle? Il ne savait plus. Il tenait entre ses bras un petit être obscur qui lui échappait. Une colère d'enfant s'emparait de lui. Il l'aurait battue. Et voici que brusquement elle cédait, comme si elle était lasse, comme si sa volonté tendue pliait sous cette volonté d'homme qui lui faisait violence. Petite rusée! Petite rusée! La colère du prince fit place au rire. Il riait d'être rassuré, de voir clair en elle, de découvrir dans ses menus rouages le mécanisme de cette petite horloge. C'était comme si cette âme, cette petite âme de brebis se fût entr'ouverte. Et elle était touchante dans sa puérilité surprise.

En somme, ce jeu naïf n'était pas sans charme, parce qu'elle y apportait un art instinctif et sûr, un sentiment du tact et de la mesure qui l'arrêtait net à la limite de ce qui fût devenu « l'insupportable ». Elle gardait même dans l'artifice juste ce qu'il fallait de sincérité pour déconcerter son partenaire, et cet adroit mélange de naturel et de factice, le résultat qu'elle obtenait par des moyens si rudimentaires encore, montrait la redoutable, l'experte coquette qu'elle eût pu être, en cultivant en elle d'aussi précieuses aptitudes.

Pour l'instant, elle se bornait, par des résistances, à mettre en valeur, un à un, les détails de sa personne. Chaque portion de son territoire fut gentiment disputée. Et le prince, pour conquérir ses bras, ses épaules, sa gorge, rencontra des pudeurs, des effarouchements et la même grâce d'émoi que si elle se donnait pour la première fois.

Quand ils revinrent dans le salon où Roger, au piano, continuait de jouer, le prince avait son bras passé autour du cou de Ninette. Il s'appuyait sur elle, apaisé, victorieux, dans la langueur douce qui suivait leur étreinte.

— Dis-moi des choses gentilles, même si tu ne les penses pas.

— Oh ! vous n'avez pas besoin de moi pour ça. Vous en avez d'autres

— Tu es bête.

Elle reprit gravement :

— Je suis bête.

Et lui, avec effusion :

— Tu es ma petite fleur des champs. Je t'adore.

Elle leva sur lui son regard malin, le vit sincère et se sentit riche de sa tendresse. Mais elle n'en éprouvait ni joie, ni fierté, un peu étonnée seulement de voir cette plante d'écorce fine s'attacher à elle si facilement. Elle s'attribua, par suite, une mystérieuse séduction et rêva d'autres triomphes. Ses pensées suivant ce cours, elle se rappela qu'il devait lire dans sa main. Elle la lui tendit :

— Allez ! dites-moi l'avenir

Il la prit en badinant.

— Ça c'est la main d'une petite femme rusée... Oh ! que de lignes !.. C'est une main chargée d'aventures... Voyons l'autre... Hum ! l'autre indique la même vie agitée... Il faut te méfier des armes à feu.

— On me l'a déjà dit.

— Tu vois !...

Au fond, il n'y connaissait rien et répétait ce qu'une chiromancienne célèbre lui avait dit à lui-même. Ninette trouva ces détails insuffisants. Elle voulait en savoir davantage et l'interrogea longuement. Il répondit comme il put, embarrassé de son rôle et ennuyé aussi parce qu'il ne parlait que d'elle et qu'il eût préféré parler un peu de lui.

— Quelle heure est-il ? demanda-t-elle comme la pendule sonnait.

Il était onze heures. Il fallait se quitter. Elle refusa de se laisser reconduire, bien qu'il insistât. Et il éprouvait un sentiment étrange en songeant tout à coup que dans quelques minutes, dans quelques secondes elle ne serait plus là.

Elle partait ! Elle partait, déjà détachée de lui, déjà libérée, secouant dans les plis de sa robe tous ces petits riens, tout ce qui pouvait rester sur elle, en elle, de cette atmosphère de tendresse où elle venait d'être plongée. Et lui, tout empli de ces mêmes liens, de ces bribes de choses, de ce qu'elle avait dit, de ses gestes, de toutes les particularités de cette heure si brève, se sentait prisonnier d'elle et triste.

— Encore ! Embrasse-moi. Je serai demain à Biarritz. Tu m'écriras ?

La porte refermée, il revint lentement vers Roger.

Un silence.

— Elle est gentille, dit-il.

— Ah ! mon cher prince ! fit Roger, quelle force d'illusion est la vôtre pour que cette petite vous rende ainsi rêveur.

Il ne répondit pas. Cette réflexion lui déplaisait, et son compagnon, soudain, lui parut distant de lui, si distant !... à l'autre bout du monde. Tout l'attrait de ce lieu était détruit d'ailleurs. Quelle singulière impression de solitude lui tombait sur les épaules ?... Il frissonna. Il avait froid au cœur. Alors, comme il restait des bouteilles entamées, il se mit à boire, à boire pour le réchauffer.

IV

Le prince, accoudé à la fenêtre de sa villa, regardait ses chiens, deux danois au museau fin, s'ébattre sur le gazon. Ils gambadaient, se poursuivaient, se mordaient aux oreilles, avec de petits cris joyeux. Et Louis admirait ces gracieuses bêtes dont l'âme sereine ignorait la tristesse. Il sortait de table. Il avait déjeuné avec Forsdorff sans échanger dix paroles avec lui. Et le maréchal, respectueux de son mutisme, s'était contenté de déplorer silencieusement l'état de détresse sombre où il retrouvait son maître après ces quelques jours d'absence. La villa si vide et le ciel si clair entretenaient dans l'âme du prince une mélancolie qui l'eût porté à pleurer. Quelle étrange névrose ! Toutes choses lui paraissaient déparées, neutres, nulles, négligeables, et il était sans courage à l'idée de remplir par une occupation quelconque l'espace vide des heures qui le séparaient du soir.

En rentrant, il avait trouvé, parmi des correspondances arrivées le matin même, une lettre autographe de sa grand'tante Victoria. On l'attendait le plus tôt possible à Balmoral. Irait-il ? Il ne savait. Il se disait bien qu'il agirait sagement en quittant ce pays, en fuyant cette petite fille qui avait pris si vite une si grande influence sur son esprit. Mais serait-il sage ? Le plus grave, c'est qu'il se complaisait dans cette sujétion et que, par un raffinement de névrosé, il se persuadait que c'est une volupté d'être triste.

L'étrange, oui, l'étrange névrose ! Il voulait partir et il voulait rester. Il avait quitté la fenêtre et se promenait de long en large. Ensuite il prit un miroir et passa une heure, et deux et même plusieurs à s'y regarder, à s'y interroger sur son teint, sur ses dents, sur la fatigue précoce de toute sa personne. Il avait un visage maigre encadré d'une fine barbe blonde avec des yeux très clairs d'enfant rêveur. L'ensemble en était doux et non dépourvu de grâce. Mais il ne découvrait que les traits apparents et non l'âme qu'ils enfermaient. C'est pourquoi il se trouvait laid, se déplaisait et se décourageait. Il en vint à rêver d'être un bel animal, à chercher selon l'éclairage une physionomie favorable, à se livrer à tous ces petits jeux puérils et douloureux de l'homme qui, avant de séduire autrui, cherche à se séduire lui-même. L'impression qu'il était laid subsista. Il se crut très malheureux et pensa mourir. Incohérentes étaient ses idées. Il avait envie d'écrire à Roger, envie de prendre un livre et de s'absorber dans sa lecture, envie de voir des gens, envie de s'oublier, envie de s'étendre et de dormir. Oui, surtout, dormir. Il essaya vainement, chercha une position commode, ferma les yeux, vit tourbillonner dans le noir des points lumineux, se former des figures, reconnut des triangles, des losanges, des cercles. Et tout cela virait, se rapprochait, s'éloignait, recommençait. Et c'était insupportable.

Alors, il appela Forsdorff pour jouer aux échecs. Mais ce jeu l'ennuyant, il l'abandonna, siffla ses chiens et s'en fut seul vers la mer. Il chercha loin de la plage une anse déserte entre deux rochers bruns, s'assit sur un monticule, admira les rafales de la marée haute et resta longtemps à fredonner des airs, des airs gais, des airs fous. Car jamais il ne se grisait autant d'airs gais que lorsqu'il était triste.

Le lendemain, à son réveil, il avait une petite lettre qui, avec de gentilles fautes d'orthographe, disait textuellement :

Depuis hier, il ne s'est pas passé une minute sans que j'ai pensé à vous.

Le prince songea : « Innocente créature! Elle a dormi jusqu'à onze heures et elle n'a pas cessé une minute de penser à moi »

Vous ne me croyez pas, je le sais, j'ai bien vu sa, et bien cher ami, vous avez tort, car si vous me connaissiez bien vous n'ésiteriez pas à me croire.

... Une étroile maison blanche au toit de tuiles rouges... (p. 18.)

Mon cher Louis,

Fidèle à ma promesse, je viens vous causé un instant par lettre, espérant vous causé bientôt en tête à tête.

Je suis rentré bien tranquillement chez moi après vous avoir quitté, quoique bien triste de notre séparation et un peu souffrante. Le champagne et le reste, vous savez. J'avais un peu mal au cœur et à la tête. Enfin, ce matin, j'ai dormi très tard, jusqu'à onze heures. Je viens de déjeuner et ma première besogne est de vous écrire.

Je ne sais vraiment pourquoi je vous dis tout sa, car vous m'avez très bien deviné, mais vous êtes malin et moi je suis bête comme vous m'avez bien dit et me laisse prendre comme un oiseau qu'on prend dans un piege. Comme vous devez rire de moi. Je vous vois d'ici.

Je ne sais pas quand nous nous reverrons. Je n'ose pas vous donner de rendez-vous. Je préfère que sa soit vous. Je vous embrasse.

NINETTE

— Maile sartout anix.

Le prince, qui savait quelques mots de basque, traduisit : « Je vous aime bien. » Il fut touché. C'était comme si elle n'eût pas osé, par une pudeur délicate et charmante, lui faire cet aveu en français. Ce petit trait, soudain, opérait le miracle de lui faire trouver sincère la lettre tout entière. Il n'était plus sceptique. Elle l'aimait peut-être, cette petite. Aussitôt il fut pris du besoin impérieux de la voir. Il s'habilla en hâte, prévint Forsdorff qu'il serait de retour pour le déjeuner et s'achemina vers la gare, où il savait qu'un train passait à dix heures vingt. Car, à la suite d'un accident d'automobile qui avait coûté la vie au grand-duc Georges, frère cadet du grand-duc Louis, l'Empereur, à cette époque, avait interdit à ses autres enfants la pratique de ce sport, et le fidèle Forsdorff veillait ponctuellement à ce que cet ordre fût observé par son maître.

Le prince prit donc le train qui le déposa un peu avant onze heures à Sainte-Marie-des-Dunes.

Roger lui avait montré la maison des Etchebal, une étroite maison blanche au toit de tuiles rouges et aux contrevents verts. Devant elle s'étendait une petite place carrée, la place de l'Église avec sa fontaine au milieu, ses platanes et ses bancs de promenade.

A onze heures, il était sur l'un de ces bancs, le plus rapproché de la maison des Etchebal. Il attendait. Ninette sortirait ou rentrerait, sans doute. Peut-être même l'apercevrait-elle la première derrière les rideaux de sa fenêtre.

La place faisait communiquer deux rues. Tel qu'il était assis, il tournait le dos à l'une et voyait l'autre s'étendre devant lui. Des gens passaient, des bonnes, Irma la pâtissière, cambrant la taille, un jeune élégant à bicyclette, une voiture à bras chargée de légumes. L'omnibus de l'hôtel de France fit tinter ses grelots derrière lui. Le soleil chauffait sa nuque et allongeait sur le sol l'ombre gigantesque de son torse mince, de ses longs bras et de ses jambes croisées. Il sembla au prince, intimidé par l'attente, que de toutes les maisons environnantes mille curiosités convergeaient sur lui. Et, par hasard, un éclat de rire étant parti d'une de ces maisons, il n'en douta plus et se sentit rougir. Il devait être ridicule, là. Il n'osait porter ses regards sur les contrevents verts, ni nulle part autour de lui, persuadé qu'il allait rencontrer des visages railleurs. Une hostilité sourde l'entourait. Ainsi les imaginatifs se créent des émotions et préparent de toutes pièces le feu qui les consume.

Ah ! si les très fidèles sujets de son père l'Empereur l'avaient pu voir, ce matin, attendre sur ce banc que Ninette parût !... Lui, grand-duc, prince héritier, apparenté à tous les souverains d'Europe, en était venu à épier, comme un timide écolier ou comme un pâtre amoureux, cette demi-paysanne !... Seul, il ne s'en étonnait pas. Il était attaché à cette petite et cela ne lui paraissait pas extraordinaire, mais seulement original, à cause du contraste qu'offraient leurs situations respectives. De ce contraste même était fait l'attrait de l'aventure. Et peut-être trouverait-on là, d'une façon générale, l'explication de son penchant très vif pour les filles du peuple.

Cependant, comme il avait les yeux obstinément fixés sur le dessin de son ombre, il eut l'impression que quelque chose, une forme, une jupe venait d'apparaître à la porte des Etchebal, et son cœur se mit à battre parce qu'il sentit avec force que ce quelque chose c'était Ninette. C'était elle. Elle n'eut pas d'étonnement à le voir là, sortit et s'arrangea, sans en avoir l'air, pour passer près de lui. Plein de confusion encore, il leva les yeux. Elle lui adressa un petit sourire complice et murmura du bout des lèvres qu'elle ne pouvait s'arrêter parce que son frère, à côté, travaillait à une voiture. En effet, dans un hangar qui n'avait pas jusqu'ici attiré l'attention du prince, c'étaient des coups de marteaux et des bruits d'outils remués. Il marqua silencieusement qu'il se rendait à cette raison, et comme elle continuait son chemin sans se retourner, il s'apprêta à la suivre. Ne le comprit-elle pas, ou sa coquetterie s'exerça-t-elle à jouer avec son désir? Elle se contenta de traverser la place et entra dans le hangar.

Sa robe, pourtant, n'y disparut pas complètement. Une partie demeura sur le seuil. Il s'attachait à ce pan d'étoffe grise qu'éclairait le soleil. Cela bougeait, ondulait, et, de temps à autre, diminuait, diminuait jusqu'à ne plus être qu'une tache indistincte dans la pénombre du hangar. Et cette robe, ce pan d'étoffe, cette tache s'animait de toute la force d'attention qu'elle recevait de lui, prenait une personnalité, une personnalité narquoise, devenait comme un petit être taquin, puéril et cruel.

Enfin la robe entière reparut. Ninette retraversa la place lentement, à petits pas, d'une marche légère qui s'étudiait. Elle se savait regardée et cambrait la taille, comme tout à l'heure Irma la pâtissière. Mais elle ne tourna pas la tête, atteignit sa maison, rentra et ne se montra plus.

Et le prince, mécontent de soi, regrettant son équipée, revint à Biarritz. Il s'était amoindri. Il se vit humilié. Il se prit en pitié. Cette petite se moquait de lui. Il rêva de prendre une revanche éclatante et fut très malheureux. Dans le train, son irritation grandit. Était-ce l'énervement de la trépidation? Il revécut les sensations de cette attente vaine, s'exagéra la portée de ce petit échec, en conçut une rancune violente contre lui, se promit de quitter Biarritz le soir même, sans la revoir. Puis, arrivé, en mettant le pied sur le sol de la gare, il eut la surprise de se retrouver très calme et remit pour après déjeuner la décision à prendre quant à son départ.

V

Après le déjeuner, le prince demanda
— Forsdorff, que fait-on cet après-midi?
— Monseigneur, il y a fête à Urrugne.

Urrugne, petit village voisin d'Hendaye et de Saint-Jean-de-Luz. Urrugne, nom lointain qui semble résonner dans le recul des âges et secouer une poussière d'oubli. Comme ses trois syllabes évoquent bien une petite place morne, des maisons grises et l'antique clocher dominant un cimetière planté de cyprès! Urrugne! N'est-ce pas que ce nom vous a un charme de vieille chose endormie et je ne sais quelle grâce triste de lumière éteinte? Mais le prince ne songeait pas à cela. Il songeait que la fête d'Urrugne devait attirer les filles des environs et que très probablement il y rencontrerait Ninette.

— Fais préparer un landau, dit-il. Nous irons.

Et, dans ce landau, un peu plus tard, le long des routes claires, il regardait le défilé des filles du pays, en cheveux, rieuses, qui allaient à la fête.

Cette fête se composait d'un seul manège de chevaux de bois et d'un orchestre au son duquel dansait, au soleil, sur la place, la jeunesse basque. Autour de cela, c'était un bariolage de couleurs, une foule composite, un mélange de petites gens, en béret, buvant du cidre, et d'élégants, venus à bicyclette, en automobiles ou en mails. Louis, dans cette foule, cherchait Ninette, uniquement préoccupé de la trouver. Il fit plusieurs fois le tour de la place sans la voir; puis comme il avait dépassé l'église, il lui sembla, tout d'un coup, que quelquechose se serrait dans sa poitrine. Car un peu à l'écart de la fête, dans le cimetière planté de cyprès, il venait de reconnaître son corsage rose. Elle lui tournait le dos et se promenait parmi les pierres tombales, les vieilles pierres aux inscriptions effacées. Deux jeunes gens en pantalon blanc, et dont l'un avait une

laise qui l'oppressait. Ce n'était pas positivement de la souffrance encore. Mais il sentait qu'il allait souffrir. Il dit à Forsdorff:

— Allons-nous-en !

Il n'avait plus que cette idée : s'en aller, fuir. En une seconde il se vit à Balmoral, chez sa grand'tante, loin de ce pays, loin d'elle. Et il en éprouva un soulagement

Et dans ce landau, un peu plus tard... (p. 19.)

cravate rouge qui dépassait le col de son veston — le prince remarqua tous ces détails — l'accompagnaient. L'un frappait de sa canne le sol dont chaque place marquait une vie disparue, et la canne légère et insolente profanait ce lieu dont la paix grave eût dû lui enseigner le respect de ceux qui ne sont plus. L'autre avait le bras passé autour de la taille de Ninette. Et elle s'abandonnait à ce bras, en fille facile qui ne sait pas résister qui veut la prendre. L'émoi du prince fut sans colère. Il éprouvait seulement un ma-

immédiat. C'était un état indéfini, transitoire. Il ne savait pas comment il se trouverait tout à l'heure. Pour l'instant l'attrait du départ le rendait frémissant.

— Allons-nous-en, Forsdorff. Allons-nous-en !

Et il s'étonnait, ce névrosé, d'être sans colère. Il n'en voulait pas à Ninette. Il allait même jusqu'à l'excuser. Pourquoi en attendre ce qu'elle ne pouvait donner? Elle était logique avec elle-même, cette petite, et quand elle lui écrivait *Maïte saïtout aniz,* elle ne mentait pas. Elle l'aimait bien comme elle aimait Roger, comme elle aimait ce gommeux au bras duquel elle s'abandonnait et tant d'autres et tous ceux qui l'approchaient, qui avaient de jolies cravates et flattaient, en elle, un snobisme instinctif. Allons ! c'était fini ! Comme c'était simple ! Il respira. En quittant ce pays, il lui semblait qu'il se quittait lui-même.

Alors, comme son esprit n'était plus maintenant occupé tout entier à la chercher, il s'avisa pour la première fois que des gens se retournaient sur son passage. Que chuchotait-on ? Le maréchal lui apprit qu'un journaliste ayant percé ce matin son incognito, la foule le reconnaissait. En effet, de bouche en bouche, ces mots couraient : « Le grand-duc ! Le grand-duc ! » Un instant auparavant cette curiosité l'eût exaspéré. A présent elle venait à point pour le fortifier dans sa résolution de partir. Tout ainsi concourait à le chasser de ce pays. Il se contenta de murmurer ironiquement qu'il ne manquait plus que cela, que c'était complet ! Et tout en prenant place dans sa voiture, il plantait avec impertinence ses regards dans ceux des plus indiscrets, comme pour leur dire : « Oui, tas de raseurs, c'est moi. Quelle chose fantastique, n'est-ce pas ? que j'aie deux yeux au milieu de la figure et un nez dessous et de la barbe autour. Vous n'aviez jamais vu chose pareille... Quels nigauds !...»

Le landau s'ébranla. A ce moment, il se trouva que Ninette, avec ses deux compagnons, revenait vers la fête. Elle perçut la rumeur : «Le grand-duc !... Le grand-duc !...»

— Où ça, le grand-duc ? demanda-t-elle.

— Là, dans cette voiture.

— Ça ! se récria-t-elle en reconnaissant le prince. Ça, c'est Louis Servin !

— Justeme. C'est le nom sous lequel il est descendu. Biarritz.

Mais elle répétait, sans comprendre, avec obstination :

— C'est Louis Servin... C'est Louis Servin...

VI

Le lendemain, Ninette recevait ce mot, daté de Bordeaux, onze heures du soir :

« Ma chère petite amie,

« Je t'écris et je suis loin déjà. Ça m'a pris tout d'un coup et je suis parti. C'est ma façon d'être brave, à moi. Quand je sens que je m'attache, je fuis. Je m'attachais à toi. Et peut-être ne te reverrai-je plus. Mais si cela est, si nous ne devons plus nous revoir, je voudrais que tu gardes de ces quelques jours le souvenir d'autre chose que ce que la vie te donne d'ordinaire. Je voudrais que tu te dises qu'on t'a aimée un instant et que celui qui t'a aimée valait sans doute mieux que ces gommeux imbéciles (ça c'était pour ses deux compagnons d'Urrugne) dont tu fais ta société habituelle. Pas un de ceux-là, vois-tu, ne songerait à te donner un peu de tendresse. Moi, je l'ai fait, et c'est pour cela que je suis parti. J'ai craint d'être pris et de ne plus pouvoir me détacher. Alors, petite fleur des champs, voilà maintenant des distances entre nous. J'ai sauté dans un train. Et c'est fini. Comme c'est simple. Comme c'est banal. Comme c'est facile !

« Moi, vois-tu, je garderai longtemps le souvenir de cette petite place et de ce banc devant ta maison et du soleil qui me chauffait la nuque, ce matin, pendant que je t'attendais. Je reverrai souvent ta démarche gentille quand tu t'es approchée de moi pour me dire que ton frère, à côté, travaillait à une voiture. Comme ces petits détails me paraissent touchants! Risibles et touchants. A ce moment je ne savais pas encore que c'était là notre dernière entrevue. Et pourtant j'étais ému comme si je le savais un peu, tout de même.

« Allons! adieu Ninette. Je suis tout empli de ton souvenir. Je t'embrasse longuement sur ta bouche qui m'a plu. Le train va repartir. C'est comme si j'agitais mon mouchoir par la portière. Je te vois diminuer, diminuer, disparaître. Tu n'es plus. Je suis seul. Je suis triste.

« Louis. »

Ninette, ayant lu ce mot, le garda dans sa main. Elle rapprochait ce qu'elle avait appris la veille de ce départ subit qu'un journal, ce matin, enregistrait en effet : « Le grand-duc Louis est parti hier inopinément pour l'Angleterre. » Elle était un peu fière qu'il lui eût écrit. En même temps elle se disait que c'était fini et elle ne parvenait pas à démêler ce qu'elle en éprouvait. Elle revoyait ce grand garçon que Roger lui présentait rue Jasmin, et leur promenade côte à côte, et sa timidité et l'envie qu'elle devinait chez lui de prendre son bras, sans qu'il osât, et son attente anxieuse quand il lui avait demandé comment elle le trouvait, et sa figure qui s'éclairait quand elle lui avait répondu : « Je vous trouve gentil. » Elle revoyait le soir, chez Roger, dans le bruit agréable de la musique, ses tendresses câlines et la lutte badine pour qu'elle se dévêtit, et tout le gentil ami qu'il avait été. Elle ignorait alors que ce gentil ami était le grand-duc Louis. Le grand-duc Louis!... Elle ne se rendait pas bien compte encore... C'était une façon de prince charmant qui avait passé près d'elle et qui s'était enfui. Était-ce réel? C'était fini. Non, elle ne pou-

vait exprimer ce qu'elle en éprouvait. La lettre disait : « Je suis seul. Je suis triste. » Il lui sembla qu'elle était triste aussi, mais triste comme au réveil, après un rêve agréable, dont on ne s'aperçoit qu'il était agréable que lorsqu'il n'est plus. Ses impressions étaient confuses. C'était bien comme si elle venait de s'éveiller. Elle se mouvait parmi des brumes. Et vraiment, oui vraiment, tant elle demeurait surprise, elle n'aurait su dire au juste si elle avait rêvé ou vécu ce conte de fée.

VII

Le grand-duc Louis à Roger de Létang, villa de l'Ermitage, à Sainte-Marie-des-Dunes (Basses-Pyrénées).

« Balmoral), 8 septembre:

« Mon cher Roger,

« J'ai mille excuses à te faire pour être parti subitement sans te revoir, sans te prévenir. Mais je me sentais si peu calme, si névrosé, si tourmenté, si malheureux dans ce joli pays que tu affectionnes, que je l'ai pris en grippe et que je l'ai quitté. A présent que j'en suis loin, je lui pardonne d'autant plus volontiers ce léger mal qu'il a pu me faire que je me demande si je ne suis pas cette fois-ci, comme toujours, l'artisan de mes propres chagrins. Je suis un drôle d'individu. Écoute: Mon père est un colosse; ma mère jouit, à cinquante ans, d'une santé parfaite. D'où vient que je leur ressemble si peu? Mon état nerveux est déplorable. Il est inquiétant. De quel ancêtre ai-je hérité? N'est-ce pas agaçant de penser que des organes tout neufs au commencement de ma race ont été successivement usés par tous ceux qui m'ont précédé, et que je n'ai, en arrivant au monde, pour mon service, qu'une mécanique lasse, et bientôt hors d'usage, un « clou » comme vous diriez, vous autres Français, dans votre pittoresque argot. Je fais là de la philosophie comme M. Jourdain faisait de la prose, sans le savoir. Ne t'en moque pas. Car, vraiment, je

Ninette, ayant lu ce mot, le garda dans sa main.
(p. 22.)

me révolte parfois contre le sort qui m'a fait si fragile et si vieux à vingt-six ans. Ce n'est pas drôle de songer que si mon aïeul Alexis a fait trop bonne chère, il en résulte pour moi un estomac débile, et que si Pierre (que Dieu le garde!) a trop aimé les femmes je ne puisse aujourd'hui, héritier de son sang épuisé, n'être qu'un chétif amoureux, une façon de bonhomme débile, patraque et déséquilibré. J'enrage. Pourquoi ces poignets de fille et ce teint déjà fané et cette sensibilité maladive? Chacun de ceux qui m'ont précédé, en jouissant de la vie sans mesure, m'a dépouillé à son profit. Il serait juste qu'ils revinssent me rendre des comptes. Je ne veux pas abuser de ta patience et prolonger une dissertation dont je ne suis pas coutumier ; mais pour rendre toute ma pensée, je me demande pourquoi nous ne choisissons pas notre maison de chair comme nous choisissons la maison de pierre que nous habitons. On devrait pouvoir refuser celle-là comme on refuse celle-ci à l'architecte, lorsqu'elle a été construite par lui dans des conditions défectueuses.

« Maintenant, mon bon, que tu as subi cette courte crise d'humeur, sache que la vie qu'on mène ici est en tous points fastidieuse. La politique absorbe les esprits. Les relations ont été un instant très tendues entre Londres et Constantinople, et des bruits de guerre ont même circulé. Ils étaient prématurés, puisque tout est arrangé à l'heure actuelle, sans conflagration européenne. Je t'écris cela pour t'écrire quelque chose, car tu sais comme je me désintéresse de ces questions. Je vis de plus en plus entre Forsdorff et mes chiens. Je suis l'ours légendaire qu'on n'approche qu'avec des précautions. La force de ma timidité est telle que j'intimide les autres.

« Je voudrais te donner des nouvelles. Je n'en sais pas. Nous avons ici un nouvel ambassadeur de France, un petit homme chauve et rasé, humble et triste qui ressemble à un garçon de café sans place. Je l'avais pour voisin de table ce soir. Car il est venu présenter ses lettres de créance à la reine et, selon la coutume, celle-ci l'a retenu à dîner. Ce pauvre représentant d'un État républicain m'a l'air animé des sentiments les plus légitimistes. Si tu pouvais l'entendre parler aux membres de la famille royale! Que d'Altesses! Que de Monseigneurs! Le comique est dans la façon dont il prononce ces mots. Il parle anglais avec l'accent du Midi. C'était, paraît-il, quelque directeur aux Affaires étrangères, dont on a fait un ambassadeur. J'ai remarqué qu'il avait des pellicules sur le col de son habit.

« Écris-moi longuement. Dis-moi tout ce qui se passe là-bas. Ça me désennuiera. Imagine-toi que je passe des heures, dans le parc, à tailler des branches. Je fais des cercles, des losanges sur le bois; puis je détruis ce bel ouvrage. Quelle occupation!...

« La place me manque et l'esprit aussi. Rends-moi le service de me tirer avec ton kodak deux portraits de Ninette, un de face, un de profil. Envoie-moi les épreuves dans ta prochaine lettre. Ça m'amusera.

« Et crois-moi bien ton affectionné,

« Louis. »

Monsieur Roger de Létang, au grand-duc Louis, Résidence Royale, à Balmoral.

« Sainte-Marie-des-Dunes, le 15 septembre.

« Mon cher Louis,

« Votre lettre m'a fait le plus grand plaisir. Je n'ajoute pas qu'elle m'a fait le plus grand honneur, parce que ça vous fâcherait. Vous m'avez gâté en m'écrivant si longuement, et cela m'a presque consolé de la contrariété que j'avais éprouvée en apprenant votre départ. Je devine bien que cette petite vous tient au cœur, un peu tout au moins, et que c'est à cause d'elle que vous êtes parti. Je me reproche même de vous l'avoir fait connaître. Si j'avais su!...

« Mais que je vous raconte! Ça vous intéressera. Avant-hier dimanche, je l'attendais à la sortie de la grand'messe. Voici la scène. Je l'aborde :

« — Tu es bien fière ce matin, Ninette.

« — Pas plus que d'habitude.

« — Si, tu es plus fière depuis que tu es remarquée par des princes.

« Au fond, notez-le, sa petite vanité se délecte de vous avoir connu. Mais rien n'est comparable à l'orgueil de ces Basquaises. Elle me dit :

« — Oh! si vous croyez que c'est pour ça!... *Votre* grand-duc, c'est un homme comme les autres, après tout.

« Elle s'était redressée, le bec en l'air. Si vous l'aviez vue! Je ne suis pas sûr qu'à ce moment elle n'éprouvât pas quelque petite animosité contre vous. Cependant, j'y insiste, elle meurt de joie de vous avoir approché. Ce qui n'empêche que pour rien au monde elle ne voudrait qu'on le sût.

« — C'est un homme comme les autres, évidemment, ai-je répondu. Mais c'est un homme gentil.

« — Très gentil.

« — Et tu l'aimes bien.

« — Pour ce que ça peut lui faire!...

« — Tu te trompes, justement.

« Et je lui ai dit que vous désiriez des portraits d'elle. Elle est devenue rouge de plaisir. Puis elle m'a interrogé sur vous. Je lui ai appris que vous étiez prince héritier, que vous régneriez un jour, que vous seriez Louis Ier. Elle faisait tous ses efforts pour ne pas paraître ébahie. Et c'était comique de voir ses petits airs entendus. Pour peu elle m'aurait traité de fumiste. Pauvre petite! elle est tout de même gentille.

« Elle portait un corsage à carreaux noirs et rouges avec de la dentelle noire. Elle avait quelque chose de gracieux, de libre et d'amoureux. Les épreuves que je vous envoie ne rendent pas malheureusement la roseur de sa peau et deux ou trois expressions char-

... *Un petit homme chauve et rasé... (p. 24.)*

mantes qu'elle a eues. Depuis qu'elle est l'objet de votre auguste intérêt, elle prend à mes yeux une figure nouvelle. C'est assez curieux. C'est comme si l'éclairage avait changé. C'est moi, évidemment, qui la regarde avec un autre sentiment. J'ajoute

que c'est un sentiment de sympathie toute désintéressée.

« Ici le temps est admirable. Quel dommage que vous soyez parti ! J'aurais tant voulu vous faire connaître les jolis endroits de ce curieux pays : Le petit village d'Ollette et la route qu'on suit à bicyclette pour s'y ren-

dre, par les bois de Fagos. C'est unique au monde. Et le cimetière du Sokoril, et Sare, et Véra, et tant et tant de lieux charmants que votre âme de poète n'eût point oubliés! Mais vous êtes loin, dans le cérémonial et la pompe qui sont les attributs des puissants de ce monde. Moi qui ai la faveur de vous connaître un peu, j'imagine que vous devez vous y ennuyer. D'ailleurs votre lettre le marque par la peinture de l'isolement où vous vous enfermez. Si j'osais formuler un souhait, ce serait celui de vous voir revenir. Mais septembre va finir. Où serez-vous en octobre ? Plus loin encore. Mon égoïsme rêverait que vous fussiez comme moi, un individu quelconque et obscur, sans attaches d'aucune sorte, et menant la vie qu'il veut. Mais à quoi bon se plaindre du sort ? Laissons chacun au sien et jouissons du soleil qui est radieux ce matin, de l'air qui

embaume. Mon jardin est rose de roses. Et
voilà que d'avoir parlé d'Ollette cela me
donne le goût d'y aller. Je vais y partir à
cheval. Je vous quitte, et je vous prie de
croire toujours à la ferveur de mon amitié
dévouée.

« Roger. »

*Le grand-duc Louis à Monsieur Roger
de Létang, villa de l'Ermitage, à Sainte-
Marie-des-Dunes.*

« Balmoral, 18 septembre.

« Mon cher Roger,

« Je file dans quelques heures. Je vais
passer une semaine dans le grand-duché de
Bade. De là j'irai en Danemark et je serai
dans mon pays vers la seconde quinzaine
d'octobre. Je m'ennuie terriblement. Au
reçu de cette lettre, fais-moi savoir quels
sont tes projets pour cet automne. Seras-tu
encore à Sainte-Marie ? Quel temps y fait-il
en novembre et décembre ? J'ai fort envie
d'y venir faire un tour. Télégraphie-moi à
Bade, palais grand-ducal, de façon à ce
qu'en arrivant j'aie ta réponse. Peut-être
passerai-je tout novembre et une partie de
décembre là-bas.

« En hâte, ton affectionné

« Louis. »

« Bade, de Sainte-Marie-des-Dunes.

« 30. 1 h. s.

« Grande joie. Vais chasser octobre Lot-
et-Garonne. Temps doux ici, chaleur de
serre, novembre et décembre. Compte sur
bonne promesse. Vive la Russie!

« Roger. »

« Sainte-Marie-des-Dunes, de Bade.

« 30. 7 h. s.

« Vive la France!

« Louis. »

VIII

L'aspect de la villa Irsilla, qui regarde
l'Océan, annonçait depuis la veille aux
passants du boulevard Carnot qu'un hôte de
marque y était attendu. Aux fenêtres, des
soies et des plantes apparaissaient, renou-
velées en quelques heures par une armée de
tapissiers venue de Bayonne. Et tout Sainte-
Marie savait que le grand-duc Louis arrivait
le samedi matin par le train de onze heures
et demie. On eut toutes les peines du monde
à empêcher le maire de se rendre à la gare.
Il fallut lui promettre qu'on le présenterait,
par la suite, à Son Altesse pour le faire tenir
tranquille. Le colonel Sabatier et le général
Condamines, tous deux à la retraite, arbo-
rèrent, ce matin-là, des rosettes toutes
neuves et se promenèrent ostensiblement
dans la Grand'Rue. Il faisait un temps doux
et gris d'automne. Le grand-duc, en petit
chapeau mou, sauta du train, suivi de
Forsdorff, et serra d'un grand geste affable la
main de Roger venu l'attendre sur le quai.
Était-ce sa barbe plus arrondie qui élargis-
sait son visage ? Il avait, semblait-il, plus
de gravité. Il posait le pied à terre avec plus
de sûreté, plus de poids, plus d'importance.
Et Roger regardait un peu étonné ce grand
garçon très sérieux et si nouveau pour lui.
Il en perdait le ton de camaraderie usité
entre eux et s'oublia un instant à lui dire
Monseigneur, d'où une amicale bourrade
qui lui rendit aussitôt son compagnon jeune
et rieur d'autrefois.

Le landau où ils montèrent, ayant devant

eux la moustache grise du vieux Forsdorff, prit une allure pimpante dans une sonorité allègre de grelots. Du Grand Café, des consommateurs sortirent pour voir le grand-duc. D'un atelier de couturière et d'un magasin de modiste, des chignons remuèrent et les vitres furent traversées de regards curieux. Blanche, la fleuriste, était sur le pas de sa porte ; le général et le colonel faisaient les cent pas ; le coiffeur Sarienta et Mme Itier, la libraire, s'appelèrent de leur boutique ; le docteur Carrière montra sa barbe rousse ; et quand le landau passa devant le cabaret Samarena, la gentille Sylvie, qui se peignait au premier étage, souleva le rideau et montra une gaie figure baignée de ruisseaux bruns. Mais ces choses, sans doute, échappèrent au prince. Il était rêveur. Sainte-Marie, sous ce ciel terne, lui apparaissait un peu comme une femme qu'on a connue dans toute la grâce de sa beauté blonde et qu'on retrouve ridée avec des cheveux gris. Ce temps avait de l'automne toute la mélancolie. Et cette première impression d'arrivée était pour Louis un peu décevante. Pourtant, sur la place de l'Église où donne la maison Etchebaï, il tourna la tête avec intérêt, cherchant le banc, *son banc* qui ne s'y trouvait plus. La voiture s'engagea dans la place pour gagner le boulevard Carnot. Alors, de la fenêtre, au rez-de-chaussée, derrière les volets demi-clos, Ninette, d'un geste de bienvenue, salua son ami. Il sourit. Mais ce geste avait eu quelque chose de trop empressé et de maladroit. Comment ? Il n'aurait su le dire. Ces sensations de nerveux ne s'expliquent point. On les subit. Il avait fait des milliers de kilomètres pour revoir cette petite, et de la voir il n'éprouvait rien. Elle lui avait déplu presque. Dans la salle à manger d'Irsilla, parmi les fleurs et les cristaux, ce

sentiment le suivit. Il était soudain dépossédé du rayon de chaleur que ce coin du monde dirigeait depuis deux mois sur lui. S'il s'était écouté, il serait reparti sur-le-champ.

Plus tard, dans l'après-midi, après une courte sieste qu'il eut la surprise de faire, lui qui jamais ne pouvait dormir dans la journée, il se trouva mieux. Il sortit avec Roger pour une longue promenade à pied. Ils parlaient du temps, de l'amour et disaient sur ces sujets des choses insignifiantes et vaines. Six heures les surprirent sur la route d'Espagne. C'était l'heure de grand silence où le jour finit. A leur droite, à leur gauche, des prairies accidentées, vertes encore malgré l'automne, se fonçaient peu à peu, devenaient indistinctes dans le déclin de la lumière, avec, çà et là, des formes pâles qui étaient des maisons. Les montagnes qui limitaient leur vision, les montagnes vaporeuses et presque fondues dans le ciel crépusculaire leur jetaient dans l'âme un étrange sentiment de solitude et de rêverie. Prisonniers de ces ombres, enclos par elles, ils allaient sur cette route où des lueurs dernières traînaient encore, sans force, comme on s'allonge pour mourir. Un peu de brouillard imprégnait l'air dont ils sentaient sur leur visage et sur leurs mains l'humidité pénétrante. Et des feuilles mortes avaient sous leurs pas ce bruissement triste qui dit que le soleil est parti avec les journées d'été, avec les fleurs, avec les plantes, avec les clairs matins suivis de soirs sereins. Alors dans cette lente destruction des choses, dans cette désolation de tout ce qui finit, dans ce paysage hallucinant et fantomatique, dans cette obscurité sans nom qui pouvait aussi bien être celle du commencement que de la fin du monde, d'où venait au prince cette force alerte et vivace de ser membres et cet éveil de ses organes qui lui faisait percevoir au loin, très loin, la chanson d'un pâtre regagnant son village dans le mystère de la montagne ? Il ne savait. D'autres bruits plus proches se faisaient entendre, menus bruits, humbles sons dont il était impossible de n'être pas ému : douces sonnailles d'un troupeau de vaches, tintement grave de la vieille cloche d'Urrugne. Comment dire la poésie pastorale et auguste qui en émanait et cette sorte de respect religieux dont elle les saisit ?

— On dirait un paysage de Norvège, dit Roger.

Il confessa d'ailleurs qu'il n'y était jamais allé. Mais était-il nécessaire aux imaginatifs d'avoir vu l'Océan pour le connaître, d'avoir respiré l'air d'un pays pour se le représenter ? Le prince dit qu'il avait plutôt l'impression d'un paysage de Judée. Et ils furent d'accord sur ce point. Maintenant, le troupeau passé, les dernières vibrations de la cloche éteintes depuis quelques secondes dans l'espace, le décor retombait à son silence et à son immobilité. Le squelette d'un arbre les frappa par sa fixité apparente. Il semblait figé là, dans l'air, éternellement. Et tout semblait figé autour de lui, l'air lui-même et les ténèbres, pendant que s'opérait pour des lendemains lumineux le sourd travail des forces de la vie, de ces mêmes forces qui firent succéder les printemps aux hivers depuis les milliers d'années que notre terre existe. Or, Roger songeait, et il le dit, que ce pays dont la physionomie, plaines et monts, n'a pas varié avec le temps, a conservé à ses habitants la même âme qu'au premier jour. Il parla de l'immuabilité du caractère basque. Mais la pensée du prince, maintenant, allait à Ninette, et il la désirait de toutes ses forces.

IX

Ce fut le dimanche matin, du côté d'Elsémonda, qu'ils se rencontrèrent. Elle devait, depuis la veille, ne plus se tenir d'impatience et s'étonner qu'il n'eût pas cherché encore à la voir. C'est du moins ce qu'il croyait. Se trompait-il ? Il lui vit un petit visage calme, et elle serait passée près de lui, tranquillement, s'il ne l'avait arrêtée au passage. Pourtant, elle était venue là, seule, dans l'intention évidente de le rencontrer. Elsémonda est le plus court chemin qui relie Irsilla à l'Ermitage, et elle devait penser que soit Louis, soit Roger, l'un des deux se rendrait chez l'autre, ce matin, et passerait par là.

— Bonjour, Ninette.

Ce fut seulement en rencontrant son clair regard dans sa grave figure blonde qu'elle rougit jusqu'aux oreilles. Elle ne savait comment répondre et balbutia gauchement :

— Bonjour, monsieur.

Il lui prit le bras.

— Veux-tu bien ne pas me dire « Monsieur », mais « Bonjour, Louis » ! Comment vas-tu ? Tu es gentille ce matin. Quelles couleurs !... Allons, encore ! Je suis donc si intimidant !...

Elle se redressa.

— Je ne suis pas intimidée !

Elle était animée de sentiments contraires, à la fois confuse, heureuse et mécontente. Hier, il avait à peine répondu à son geste de bienvenue. Elle lui exprimait ingénument sa joie de le revoir. Elle se heurtait à l'indifférence. Et tout d'un coup, elle avait mesuré la distance qui les séparait. Une petite âme ombrageuse et susceptible était née en elle. Toute la nuit elle avait accumulé contre lui des forces de rancune. Parce qu'il était prince et parce qu'elle était, elle, d'humble condition, il lui devait des égards. Elle se rendait déjà suffisamment compte qu'elle ne pouvait être dans sa vie qu'une passade, qu'un caprice, qu'une heure d'amusement, sans qu'il eût besoin par son attitude de le lui faire comme toucher du doigt. Son naïf orgueil s'arma d'hostilité, et c'est boutonnée, fermée et farouche, qu'elle était venue se promener là où elle prévoyait qu'elle le rencontrerait.

— Marchons un peu, dit-il, veux-tu?

Ils cheminèrent côte à côte. Il remarqua qu'elle avait de jolies épaules, qu'elle marchait gracieusement d'un pas sûr et léger. Il la regardait comme s'il ne l'avait jamais vue. Et il faisait des découvertes. Certes il ne lui connaissait pas ce lobe fin des oreilles et cet arc des sourcils et ces lueurs sombres dans ses cheveux. Mille particularités la lui faisaient nouvelle. Elle était comme un livre qu'il faut relire plusieurs fois pour prendre conscience de son charme total. Il la fit s'arrêter, glissa ses doigts dans ses doigts, la maintint un peu écartée de lui pour la mieux considérer d'ensemble.

— Tu sais que tu me plais beaucoup.

Elle dit « merci » simplement, sans le regarder. Elle aussi faisait des découvertes. Elle le trouvait plus sérieux, plus assuré, plus imposant. Deux mois l'avaient-ils transformé? Il n'était plus tendre et timide. Il n'était plus Louis Servin. Il était quelque chose qu'elle ne définissait pas et qui s'appelait « le grand-duc Louis ». Et elle regrettait Louis Servin.

Oui, par ce qu'il disait, par le son de sa voix il se révélait autre. C'était quelqu'un qu'elle n'avait pas connu, un étranger, un

être d'une autre essence, placé par le sort dans une autre région qu'elle et qui, lui semblait-il, détonnait ici, à son côté. Elle ne pouvait s'imaginer qu'il l'avait tenue dans ses bras, lui avait dit des mots câlins et qu'un doux sentiment l'avait fait tressaillir

...*La gentille Sylvie souleva le rideau...* (p. 27.)

en l'embrassant. Elle ne pouvait s'imaginer qu'il avait été son ami, comme elle avait été son amie. Un élément nouveau s'était introduit entre eux. Et de la gêne en résultait pour elle, de la gêne physique. Elle lui en voulait parce qu'elle était mise simplement, avait un petit corsage de quatre sous et des doigts piqués par l'aiguille. Elle lui en voulait d'être une pauvre fille. Pourquoi était-elle pauvre, perdue dans ce petit trou, contrainte à des besognes vulgaires : repasser ou coudre, quand lui vivait d'une vie dorée, une vie superbe, la vie de tous les triomphes ? Pourquoi avait-il tout quand elle n'avait rien ? Elle en devenait tout doucement anarchiste.

— Quand viendras-tu me voir ?

Elle ne répondit pas. Le don d'elle-même prenait à ses yeux une valeur subite par l'importance de qui la sollicitait. Il insista doucement. Quand viendrait-elle ? Des gens qui passaient et se retournèrent plusieurs fois la firent rougir de plaisir. Elle était flattée d'être vue avec lui. Demain tout Sainte-Marie le saurait. Elle y songea et s'assombrit. On en parlerait ; on l'envierait sans doute ; et on la mépriserait aussi. C'était une satisfaction d'orgueil qu'elle paierait cher ensuite. Car on ne lui pardonnerait pas cette liaison trop éclatante. Prendre du plaisir sans bruit avec quelque garçon obscur et gentil, c'était le cas de la plupart des filles de ce pays. Cela ne tirait pas à conséquence et ne faisait pas jaser. Mais s'afficher avec celui-ci, c'était se mettre en pleine lumière, c'était se reconnaître une fille lancée, classée, perdue.

Cependant il l'avait vue rougir. Devinat-il ses pensées ? Il reprit :

— Quand viendras-tu ? On n'en saura rien. Tu entreras par la petite grille.

— Non.

— Pourquoi ?

— Je ne veux pas.

— Pourquoi ?

Elle ne répondit pas. Et ce fut une porte fermée contre laquelle il se heurtait. Il ne pouvait rien contre cette volonté contraire.

Il se sentit pénétré d'humilité et en même temps irrité contre le mensonge de sa condition glorieuse et toute-puissante qui ne lui permettait seulement pas d'être le maître de cette petite.

— Pourquoi ne veux-tu pas ? Réponds.

— Je veux être sage.

Il pensa : « Elle poursuit un but. Elle joue avec mon désir pour l'aiguiser, pour l'augmenter. Elle veut m'affoler. Pauvre petite ! » Elle lui apparut risible dans la pauvreté de ses ficelles. Si elle savait tout le prix de la sincérité et combien elle eût gagné à ne pas ruser avec lui !

— Sotte, dit-il. Penses-tu que je ne te devine pas ? Tu te crois bien compliquée et tu t'admires d'être adroite. Comme tu as tort !

— Je ne sais pas ce que vous voulez dire.

— Tiens, tu es touchante.

Elle était touchante. Il avait envie de rire et de la battre. Comme elle était sotte de perdre son charme et de se montrer si banale, par les calculs qui l'agitaient. Il songea que ce n'était pas drôle d'être prince et lui aussi regretta Louis Servin. Alors il lui offrit ce qu'elle voudrait, sans préciser. Elle garda le silence. Il précisa. Il s'entêtait. Il la voulait. Or, sa surprise fut grande de lui voir hausser les épaules. Elle fit cela simplement, avec une dignité de petite reine. Et il fut soulagé soudain et joyeux. Il l'estima de ne pas être vénale. Il lui dit tendrement :

— Ma petite amie... ma chérie... parlemoi, dis-moi quelque chose.

Il eût voulu la prendre dans ses bras et

la réchauffer, tant il la sentait glacée. Qu'a-vait-elle? Elle était blanche jusqu'aux lèvres. Et il se sentit inerte devant ce mystère. Que se passait-il en elle? Elle souffrait. Elle devait souffrir. Pourquoi ne parlait-elle pas? N'était-il pas prêt à détruire tous les obstacles qui la séparaient? Il reprit, en serrant ses mains fortement :

— Je t'aime bien... je t'aime bien... je t'assure... je t'aime bien...

Il approcha ses lèvres d'elle, et comme elle se dérobait, atteignit son oreille. Elle eut un court frisson, mais son visage demeura clos. Savait-elle au juste ce qu'elle éprouvait? Son petit cœur confus démêlait-il les sentiments qui l'habitaient? Elle cédait à une force qui l'orientait vers la résistance. Elle pensait à d'autres filles du pays, à Dominica, à Gracieuse, à Louise, à Berthe, à d'autres encore qui n'eussent pu en croire leurs yeux d'être à sa place, et sa vanité se dilatait délicieusement. Mais, si elle goûtait du plaisir à l'entendre prier, elle était troublée aussi parce qu'elle sentait obscurément qu'elle était à une minute culminante de sa vie et que, sans la direction d'une volonté elle jouait son sort sur son caprice. Sa maison lui parut laide et triste et misérable. Elle eût ri et pleuré. Un peu de fièvre activait les pulsations de son cœur. Et d'instinct elle se sentait glacée par cet être blond, ce personnage étrange qui lui parlait, qui faisait se lever en elle, maintenant, des frayeurs superstitieuses. Qui sait s'il n'allait disparaître subitement, comme un diable, dont il était peut-être l'émanation? Oui, son trouble augmentait. Le prêtre, à l'église ce matin, avait longuement parlé des artifices du Tentateur. Et ses nerfs gardaient encore de ce prêche un frémissement inquiet. Puis ces impressions s'évanouirent. Avec sa barbe blonde, Louis ne ressemblait guère au diable, selon l'idée que les esprits simples s'en font ordinairement. Il était un être de chair. Il avait un état civil. Il était le grand-duc Louis. Roger lui avait expliqué qu'il hériterait un jour d'un trône, qu'il régnerait sur des millions de sujets, maître du plus vaste État de l'Europe. Et sur des données plus précises sa pensée travailla. Pourquoi l'avait-il remarquée? Et que lui voulait-il? C'était si fabuleux qu'il la sollicitât, elle, Ninette Etchebal, quand il devait avoir à sa disposition les créatures les plus rares et les moins accessibles. Non, il avait beau s'approcher et lui parler doucement, la même distance demeurait entre eux. C'était un peu comme si le fils de Dieu fût descendu sur la terre et lui eût demandé de coucher avec elle. Alors l'impression nerveuse du prêche de ce matin la ressaisit ; la voix de l'orgue résonna à son oreille. Sans qu'elle se l'expliquât, il lui sembla que ce serait un péché inédit et redoutable de se donner à lui.

C'est dans cette incohérence que se succédaient ses sentiments. Ils étaient arrivés à la plage de Salamarique. Comme des passants se trouvaient au loin, elle dit :

— Quittons-nous.

Elle ne tenait plus à être vue avec lui. Il demanda :

— Viendras-tu demain?

— Non.

— Écoute, nous nous promènerons. Je ne te demanderai rien. Je te le promets. Mais je veux te voir.

Elle hésita :

— Où?

— Aux Tilleuls, ce soir. A quelle heure es-tu libre?

— A sept heures.

— A sept heures. Viendras-tu?

— Je ne sais pas.

— Voyons, réponds. Viendras-tu? Dis que tu viendras.

— Peut-être.

Il ne put obtenir davantage. Ils se quittèrent sur un baiser chaste et court. Et ils s'en revinrent tranquillement, chacun de son côté.

X

Quand Ninette n'était pas occupée à lisser chez elle, elle se rendait travailler chez M⁻ᵉ Gambier, dont le magasin de robes ait l'angle du boulevard Carnot et de la rue du Prieuré. De cette rue une porte vitrée donne accès dans l'atelier où travaillent les ouvrières. Et chaque fois que quelqu'un passe, celles-ci lèvent la tête pour le suivre à travers la vitre.

Le prince, dans la journée, en sortant avec Roger, avait remarqué le magasin, la porte vitrée, l'atelier, et, d'un rapide regard, avait aperçu Ninette. Il en reçut un petit choc de surprise. Qu'elle travaillât, il le savait; mais c'était là une chose à laquelle son esprit ne s'était jamais arrêté. Or, pour la première fois il l'apercevait dans cette attitude du labeur quotidien. Elle était tournée de trois quarts, et, de sa main active, tirait l'aiguille. Elle ne se sentait pas regardée; elle eût rougi d'humiliation. Ainsi son instinct l'eût trompée, car elle ne fut pas déparée aux yeux du prince par la vulgarité de cette besogne. Au contraire, ce magasin lui composait un petit cadre honnête. Elle travaillait, c'était gentil. Elle gagnait son pain. Il s'attendrit, regarda ses mains inutiles et pensa, confusément, à la saveur de gagner son pain.

Un peu avant sept heures, il était aux Tilleuls. C'est, derrière le cimetière, un espace vêtu d'herbes et planté de tilleuls, avec quelques bancs. Il entendit tinter l'heure aux horloges voisines. Puis la cloche de l'église égrena des sons graves. Il allait, enveloppé dans une cape espagnole qui le faisait, croyait-il, méconnaissable. Il comptait sans sa haute taille qui l'eût trahi, si la nuit n'eût été si sombre. Comme il attendait depuis quelques instants et qu'il s'impatientait, il se dit : « Je vais compter cent pas avant de me retourner. » Il espérait se donner ainsi la surprise de la trouver là quand il ferait volte-face. Mais les cent pas faits, en se retournant, il ne trouva rien. Alors il décida d'aller jusqu'à son magasin, interroger l'atelier à travers la vitre. Il s'y dirigea. Son cœur battait d'émotion en tournant la rue et il était rendu à toute sa timidité d'autrefois. Il craignait d'être surpris là, aux aguets, et chaque pas entendu le faisait tressaillir.

La porte découpait un carré de lumière. Il s'approcha sur la pointe des pieds et son regard plongea dans la pièce. Des chaises étaient vides. Mais Ninette était là, qui lisait le journal à une femme en noir, la patronne probablement. Elles étaient seules. Le prince, dans l'ombre de la ruelle, ne pouvait être vu par elles. Pourtant la femme en noir ayant levé les yeux dans sa direction, il se crut découvert et se replia en bon ordre.

La puérilité de ce jeu, si elle lui apparut, ne l'étonna point, parce que son caractère alliait des portions d'une certaine gravité à des portions très enfantines. Seulement cette attente vaine l'agaçait. Un sentiment du ridicule analogue à celui qu'il avait éprouvé cet été, sur ce banc où le soleil chauffait sa nuque, le domina bientôt. Il se trouva niais, mais s'entêta à rester. A ce moment, la porte s'ouvrit et, dans son cadre clair, Ninette passa. Déjà elle était dans l'ombre et tournait la rue. Il pressa le pas. Il était presque sur ses talons et elle ne se retournait pas. Certainement elle le savait là, derrière. Elle ne bronchait pas. Pourquoi ? Cette absence d'abandon, cette allure guindée lui déplurent. Il la trouva sotte et prétentieuse. Son dos raidi et hostile disait l'entêtement basque et toutes les résistances obscures qu'elle lui apportait. Il pressentit ne lui arrivait pas hostile, au contraire. Ell. se tenait droite parce qu'elle venait de demeurer courbée, tout l'après-midi, sur une besogne de couture et qu'elle dilatait sa jeune poitrine à l'air frais du soir, après ces heures de réclusion. Ils s'assirent sur un banc, et comme la soirée était fraîche il la couvrit d'une partie de son manteau. Elle n'était pas encore complètement apprivoisée et l'idée de ce qu'il était l'effarait toujours un peu. Mais Louis Servin apparaissait

... Ninette était là, qui lisait le journal... (p. 32.)

l'adversaire, se sentit las, puis fébrile et se mit à la détester.

Ce qui ne l'empêcha pas, d'ailleurs, de la suivre docilement.

XI

Il se trompait, car elle fut charmante, et si elle mit une petite coquetterie à ne pas se retourner pour attendre qu'il vînt à elle, elle pourtant dans la simplicité de son accent, dans ses façons douces et tendres. Et ce qu'il lui dit et ses gestes caressants rendirent peu à peu à Ninette le gentil ami qu'elle avait connu.

Ils se revirent chaque soir. Elle n'allait pas à Irsilla, et il évitait de lui en parler, le long de leurs promenades sentimentales. Il prenait plaisir à la conquérir lentement, chaque jour un peu plus. Il enlevait l'écorce avec des précautions infinies et le fruit montrait doux et savoureux. Sa petite âme était ce fruit. C'était une petite âme fière, une petite âme de Basque mystérieuse et fermée, qui gardait jalousement ses émotions et se fût laissé étouffer par un chagrin plutôt que de l'avouer. Une petite âme abrupte, comme ce pays de montagnes, un peu haute et difficile d'accès, mais où l'on se sentait en paix une fois qu'on y avait pénétré. On y éprouvait cette détente et ce repos que trouve le voyageur sur une cime, après la fatigue d'une montée. On y baignait dans un air vivifiant mêlé à des senteurs sauvages. Et le prince, qui d'un seul mot eût pu élever cette petite, la transplanter ailleurs, en faire un être inutile et de luxe, goûtait le charme de la trouver là à sa place, dans son décor naturel. Elle lui plaisait ainsi. Lui plairait-elle métamorphosée en dame ? Il la découvrait spontanée, toute d'instinct et de grâce libre. Elle était un élément de la nature, simple et charmant. Elle faisait partie du paysage, au même titre que ce ruisseau, que ce peuplier, que ces prairies, que ce ciel, que les mille vagues argentées de cette mer majestueuse. Elle était là, en harmonie avec ces choses dont l'ensemble le faisait rêver. C'était une jolie plante, une bête gracieuse, un petit être doux et farouche qu'on caresse et qui s'échappe. Sa façon d'être silencieuse n'était qu'à elle. Sans bruit elle arrivait au rendez-vous. Avait-elle glissé ? Venait-elle de jaillir du sol ? La seconde auparavant, il n'y avait personne. Comment était-elle venue ? Et il l'admirait pour son silence, parfois. Il est des instants où l'on sait gré à une femme de se taire. Elle permettait de tout imaginer et ne dérangeait pas l'idée qu'on se faisait d'elle.

Bientôt, quand il la sentit confiante, il voulut savoir sa vie et ses petits secrets. Elle lui parla d'un frère à elle, déserteur en Espagne. Il fut sur le point de lui promettre sa grâce. — Il se croyait dans son pays !... Mais elle continuait. Cela leur valait bien des ennuis. Elle dit que des gens méchants le leur reprochaient et qu'elle pleurait quelquefois. Elle désigna le boucher Doloran. Le prince eût voulu, à ce moment, la défendre contre tous, et, pour la première fois, il souffrit de ce qu'elle fût exposée à ces petits ennuis vulgaires de l'existence.

Cette confidence et d'autres du même ordre les rapprochèrent beaucoup. Ninette, qui avait craint ses railleries, le trouva affectueux et s'abandonna davantage. Lui jouissait de la voir s'ouvrir et se livrer. Le travail qui, insensiblement, s'était opéré en elle pour user ses résistances, comme il lui avait été doux de le suivre !... Ce fut le lendemain de ce soir qu'elle vint pour la première fois à Irsilla. Il l'attendait à six heures aux Tilleuls. La nuit tombait. Ils entrèrent dans le jardin, par une petite grille dérobée, et dans le salon, par la porte-fenêtre. Toute la partie de l'appartement où il entendait la recevoir était consignée aux indiscrets. Ils étaient chez eux, seuls.

—Ma chérie !... Ma chérie !...

Il répétait ces mots, dans son allégresse qu'elle fût venue, qu'elle fût là, et il la contemplait amoureusement. Un grand feu de bois flambait, dont ils étaient tout éclairés. Comme elle furetait parmi des objets de prix, il voulut lui offrir tous ceux que sa main touchait ; mais elle n'accepta qu'une fleur et aussi sa cravate dont la teinte lui plut. Déjà il déboutonnait impatient sa petite veste d'hiver. Elle avait mis au-dessous la blouse rose du soir de l'Ermitage. Ce souvenir fut agréable au cœur du prince. Ils étaient debout devant le feu qu'elle regardait, songeuse. Elle inclinait un peu sa tête sur son épaule à lui, et de ses mains il tenait sa jeune poitrine. Il lui disait en même temps les paroles de tous les amants, ces paroles qu'on trouve charmantes quand on les prononce et puériles quand on se les rappelle.

— A quoi penses-tu?

— A toi.

— A qui es-tu?

— A toi.

— Pour qui bat ton cœur?

— Pour toi.

— Que dit son tic tac?

— Qu'il t'aime.

Les murs, à chacune de leurs entrevues, entendirent à peu près les mêmes choses dont ils ne se lassaient pas et qui leur semblaient toujours nouvelles. Elle lui inspirait une joie naïve et jeune; elle réveillait le gamin qui dormait en lui. Et les enfantillages auxquels ils se livraient leur dérobaient, un instant, le monde et la vie et aussi les soucis qui guettent les princes comme les humbles filles, dont les vingt ans ensoleillés passent vite et qui deviennent des ménagères résignées, que personne ne désire plus. Y songeait-elle? Il y songeait parfois, lui, quand il la quittait surtout. Il se représentait son sort et le sort de quelques autres qui l'avaient diverti un jour. Qu'étaient elles devenues? Celle-ci, il se promettait de l'établir. Mais n'avait-il pas pris, à part soi, le même engagement moral vis-à-vis des autres? Et il les avait oubliées!...

XII

Maintenant elle venait la première au rendez-vous. Il était sûr de trouver là, en arrivant, sa petite forme noire qui l'attendait. Enveloppée dans une pèlerine, un capuchon rabattu sur sa tête, elle se détachait des ténèbres, s'avançait vers lui, et ils s'embrassaient. Pour rien au monde elle ne se fût rendue seule à Irsilla. Il fallait qu'il vînt la chercher, qu'il lui préparât le chemin. Elle trouvait le salon empli de roses, éclairé diaboliquement par le feu de l'âtre. Elle préparait le thé comme l'eût fait une mondaine, versait le lait, sucrait et lui offrait sa tasse. Mais il la faisait boire et buvait à ses lèvres.

— Nous faisons comme les oiseaux, disait-elle chastement, ignorante de tant de voluptés.

Il fermait les yeux pour recevoir d'elle le tiède liquide qui avait pris dans sa bouche une saveur vivante. Que de petites choses ainsi enchantaient ces instants!... Par quel mystère d'épiderme cette petite fille lui donnait-elle un bonheur qu'il ne se rappelait pas avoir éprouvé encore avec d'autres femmes?

La minute présente, il est vrai, paraît toujours plus intense que la minute passée. Ne dit-on pas couramment: «Je n'ai jamais tant ri», ou bien: «C'est le plus beau jour de ma vie.» L'âme est si vite oublieuse des félicités trop courtes!... Et chaque joie nouvelle semble être la meilleure. Pourtant il n'était pas niable que le satin de ces lèvres jeunes, leur goût, leur tiédeur particulière, et l'ardeur de ce corps et le grain de sa peau, n'eussent sur lui un pouvoir sensible. Le seul contact de sa main le faisait tressaillir d'aise. Elle lui infusait une force neuve, toute neuve et qui ne se lassait pas. Il ne se sentait plus nerveux, inquiet, taciturne, et vivait dans une plénitude qui l'étonnait. Cette petite recréait pour lui l'univers. Elle lui rendait ce pays agréable, coloré, lumineux. Elle le lui faisait comprendre; elle le lui faisait aimer. Il s'éveillait, l'âme riante et légère. Il ouvrait les bras comme pour saisir tout ce qu'il voyait, comme pour serrer sur son cœur la nature tout entière. Jusqu'au quinze décembre le temps fut exquis. Il connut des matins de soleil, de vraies matinées de mai où le contraste des arbres couleur de rouille et du ciel d'azur avait une grâce si mélancolique!... La journée se passait en des promenades à cheval ou à bicyclette avec Roger. Et les minutes s'égrenaient doucement, amenant six heures, l'heure de la retrouver.

C'était un soir, après des caresses. Elle avait fait glisser l'épaulette de sa chemise pour qu'il appuyât sa joue sur son sein nu. Il écoutait battre son petit cœur rapide. Or, comme l'époque de son départ approchait, il se posait cette question : « La laisserai-je ici ou l'emmènerai-je avec moi ? » Il l'imagina transformée, les cheveux ondulés, le visage poudré, avec du rouge aux lèvres, frileusement emmitouflée dans de la loutre, de la martre ou du chinchilla. Elle serait vite accoutumée au luxe. Il l'irait voir le matin, la trouverait à sa toilette, au milieu de flacons capsulés d'or et de bibelots d'argent. Alors, perdant son parfum de nature, elle serait comme les autres, comme tant d'autres et le ferait bâiller. D'autre part, se séparer d'elle lui serait pénible.

— A quoi penses-tu? dit-elle.

— A toi.

Il avait soulevé la tête et la contemplait dans le désordre de ses cheveux dénoués. Et l'image s'imposa à lui, soudaine, d'autres hommes qui l'avaient regardée semblablement, avaient appuyé la joue sur son sein nu, auxquels elle avait demandé à quoi ils pensaient. Cette morsure de la jalousie qu'il avait subie le premier jour, quand elle lui avait avoué ingénument se donner à qui lui plaisait et, plus tard, à la fête d'Urrugne, à la vue de ce bras qui entourait sa taille, cette même morsure l'irritait de nouveau. Elle lui vit un visage dur et fut prête,

sans savoir, à implorer pardon. Mais il révéla sa pensée :

— Qui as-tu connu avant moi? Nomme-les-moi. Je veux savoir.

Il la regardait avec des yeux mauvais. Elle ne répondit pas d'abord et se mit à rougir silencieusement. Pour la première fois, elle avait honte de ces choses. Puis, elle fit, candide, sa petite confession : Le premier, nommé Georges, un soir, à une fête des environs, l'avait grisée et l'avait prise. Le second, un jeune docteur, avait beaucoup d'affection pour elle. Cela durait encore l'été dernier. Enfin il y avait Albert, d'Urrugne. Il demanda si c'était bien tout. C'était bien tout. Alors il exigea des détails sur le dernier. C'était le seul qui l'occupât. Les autres disparaissaient. Pourquoi en voulait-il spécialement à celui-là ?

— Oh! rien qu'une fois... disait Ninette.

— Comment cela s'est-il fait ? Raconte. Je veux savoir.

C'était un soir. Il sortait du casino. Comme elle écoutait la musique sur la plage, il était venu à elle, l'avait entraînée en l'embrassant. Alors... Non, elle ne voulait pas continuer.

— Continue.

Alors, comme il y avait longtemps qu'il lui faisait la cour, et que ce soir-là il était très pressant...

Elle donna des détails. Il l'interrompit :

— Et ça s'est fait comme ça ?... Comme ça?...

Elle se taisait. Il la rudoya.

— Tiens, tu me dégoûtes. Ne me parl plus. Va-t'en!

Elle se détourna, sans répondre, et se mit à pleurer silencieusement. Aussitôt il se vit illogique et regretta sa brutalité. Toutefois il demanda encore : « Pourquoi as-tu fait ça. Pourquoi ? » Et elle, toujours candide, à travers ses larmes, répondit :

— Parce que ça lui faisait plaisir.

Pauvre petite ! Ame confuse ! Ame inno-
centé, sœur des plantes, sœur de ces bêtes
libres et folâtres qui vivent d'un peu d'herbe, de grand air et de soleil ! Une pitié venait
au prince, mêlée à quelque chose d'amer.
Il sentit qu'ils étaient comiques l'un et
l'autre, et un peu tristes aussi. Elle disait :

— Veux-tu que je te promette de n'être
qu'à toi, d'être sage après ton départ ?

Il fit « oui », distrait. Il était en train de
résoudre cette question : « L'emmènerai-je
ou ne l'emmènerai-je pas ? » Il décida : « Je
ne l'emmènerai pas. Je me donnerai la menue tristesse de la quitter, le court émoi et le
regret léger des huit premiers jours... » Il
était fort imprégné de Stendhal, et cela

— *A quoi penses-tu ?... dit-elle.*
(p. 36.)

c'était de la littérature. D'ailleurs il s'em-
pressa d'ajouter avec un imperceptible mouvement de la tête : « Et puis, si j'y pense
trop, si elle me manque, eh bien, je la ferai
venir. »

Et c'était une décision digne de M. de la
Palisse.

XIII

C'était le dernier soir. Ils avaient passé
l'après-midi ensemble et ils étaient las délicieusement. A huit heures, ils quittèrent
Irsilla pour se rendre à l'Ermitage où Roger
avait insisté pour les réunir. C'était la première fois que Ninette dînait avec lui, et
c'était leur dîner d'adieu.

Quand grinça le vieux portail d'Elsémonda,
mille souvenirs s'éveillèrent au cœur du
prince. Que de fois, le matin, dans du soleil,
sur les herbes folles du parc, il avait poussé
cet antique battant de grille et entendu le
cri mélancolique de ses vieux gonds rouil-
lés ! Comme ce cri faisait du silence sur ce
parc et quelle poésie d'abandon il répandait
dans l'âme du visiteur ! Et les bruits du
village ! Le son d'une cloche tintant l'ange-
lus, le roulement sur
les routes, au crépus-
cule, d'un char traî-
né par des bœufs, les
coups sourds d'une
cognée de bûcheron
dans le bois de Fagos,
le matin. Au cours
de ses promenades, que
de bruits perçus qui
résonnaient en lui si
étrangement à cette
minute ! Il entendait encore certain marteau
battant l'enclume, à l'heure de midi, quand

il rentrait déjeuner. Il sonnait clair, ce marteau, racontant les existences qui avaient passé là, le fils succédant au père, continuant son labeur actif et résigné, répétant ses gestes, tirant du fer le même carillon. C'était, tout près d'Irsilla, une humble forge où, tout le jour, un homme travaillait. Le prince voyait de sa fenêtre s'échapper du toit une petite fumée pressée qui semblait brûler sans répit cette vie de travailleur invisible et obscur. En ce soir d'adieu, sa pensée embrassait ces choses. Tout ce qu'il avait donné au paysage, tout ce qu'il en avait reçu, l'espèce de réseau magique dont, chaque jour, un fil s'était tissé qui l'attachait à ce lieu, allait se rompre. Chaque fil était une sensation, un sentiment, une émotion. Petite fumée pressée qu'il avait regardée se perdre dans l'espace!... Et d'autres fumées lentes qui montaient des maisons éparses dans la campagne! Elles allaient, celles-là, calmes et sereines, ondoyantes, tournoyantes dans un peu de vent, aussitôt reformées, tenaces, montant vers le ciel clair. Comme elles enseignaient la paix et la douceur de vivre la vie sans fièvre, sans espérance ardente et vaine, dans la belle simplicité des champs!... Pour lui, elles étaient liées intimement à tel matin, à telle promenade, quand il allait l'âme légère, la chair heureuse des caresses de son amie, et qu'il avait envie d'ouvrir les bras pour étreindre la nature tout entière.

Son amie! Elle se tenait bien tranquille, bien sage, bien silencieuse en ce moment, et, chez Roger, tout le temps que dura le dîner, elle se tint de même. Elle mangeait délicatement, portait la cuiller posément à ses lèvres et avalait son potage sans bruit. Sa petite assiette était propre et nette, et le cristal de son verre restait pur après qu'elle avait bu.

— Ça sent le départ, disait Roger.

Ça sentait le départ. Le prince recherchait le bruit à défaut d'entrain. Mais les silences n'en étaient que plus mornes. Après le dîner, il demanda à son hôte de lui jouer la sérénade de Schubert. L'effet, sur lui, en l'état de sa sensibilité, n'en pouvait être que très grand. Il frissonna aux premières notes. Étendu sur le divan, le coude replié et la tête dans sa main, il poussait des exclamations, sans s'apercevoir que Ninette, tout doucement, s'était glissée à son côté et le regardait. Mystère de la musique! Là était la lettre attendue et qui ne vient pas, la femme qui vous dédaigne, celle qu'on regrette, celle que l'on espère. Et tout ce qu'il y aurait de triste dans sa vie était là aussi, exprimé par ces quelques sonorités. Les nerfs tendus et douloureux, il ressentait une envie infinie de sangloter. Une larme coula de sa joue qui tomba sur la joue de Ninette. Elle crut qu'il pleurait parce qu'il la quittait. Non. Il pleurait pour des choses imprécises et qu'il n'aurait su dire.

Alors elle lui glissa à l'oreille, effarée, émue, ardente :

— Écoute, sortons, je voudrais être seule avec toi.

Dehors, il faisait clair de lune. Ils quittèrent Roger et sortirent. La lune éclatante et ronde brillait dans un ciel sans limites. Lumière froide, lumière silencieuse, « lumière des morts », comme l'appellent si joliment les Basques. Des ombres se profilaient sur la route éclairée, des détails d'arbres, un pan de mur, rien de plus. Et Ninette disait :

— Je voulais être seule avec toi. Roger nous gênait pour nous faire nos adieux. Je ne comprends pas, mais j'ai honte quand quelqu'un est là qui me regarde. Tu as bien dû t'apercevoir que j'étais très timide.

Elle disait aussi :

— Je te trouve si simple, toi qui as tout. J'avais un peu peur quand tu es revenu. Tu m'intimidais. Et puis bientôt, j'ai oublié qui tu étais... Je sais bien que tu ne peux pas m'aimer beaucoup. Tu es trop grand pour descendre jusqu'à moi. Mais si tu m'aimes un peu je suis contente. Et moi, laisse-moi t'aimer de tout mon cœur... Je t'assure que je serai sage comme je te l'ai promis. Les autres, je ne pourrais plus les voir, à présent. Toi, tu m'oublieras, c'est forcé. Moi non. Je penserai tous les jours à toi et je te serai fidèle. Tu verras, si tu reviens, comme je serai bonne pour toi... Il ne faut pas rire de moi ; je suis sincère et je veux bien te croire, moi.

Elle disait encore :

— Je serai bien triste, demain, quand je verrai Roger et que je me dirai que tu n'es plus là.

Il répondit en l'embrassant doucement sur les yeux et sur la bouche. Ce qu'elle disait lui était doux. Il était dans un état vague, comme grisé par cette lune. Et quand elle se tut, il ne parla pas. Il éprouvait le besoin de faire silence, pour s'écouter. Il marchait à côté de cette petite fille dont il serait loin demain. Il pensait qu'il avait de la peine et cherchait en quel endroit de son corps cette peine avait bien pu se localiser, étonné stupidement de ne la trouver nulle part. Il toucha son cœur qui battait régulièrement.

Il ne souffrait pas, était sans malaise, sans angoisse. Il pensa : « Je la quitte ! Je la quitte ! » énervé de ne rien éprouver. Au portail d'Elsémonda, en la retrouvant mêlée aux mille souvenirs de son séjour ici, il était triste de se séparer d'elle pourtant, et le long du dîner il avait à peine mangé, étreint par l'idée de partir. Ne l'ai-

mait-il plus ? Cela lui paraissait extraordinaire.

Alors, il comprit que toute nature excessive tire d'elle-même ce qu'elle croit recevoir, crée perpétuellement, s'électrise et s'illusionne. L'amour, qu'était-ce ? Qu'était-ce ce trouble violent et tendre, ce sentiment le plus puissant, le plus doux et le plus cruel ? Simple question de névrose peut-être ? Il devait être aussi facile de se guérir d'aimer que de se mettre à aimer. Il lui sembla qu'il touchait la clé du problème. Or, comme il raisonnait de la sorte, Ninette tourna la tête vers lui, et, dans ce décor lunaire, elle, qui n'était pas jolie, lui apparut si fantastiquement belle que, transporté soudain au faîte de la passion, il eût voulu se tuer pour elle.

XIV

Ils se trouvaient dans une rue de Saint-Marcelin, que, tout en marchant, ils avaient atteint. Maisons rechampies à la chaux, façades blafardes, brusques trouées de ruelles sombres. Vrai décor de mélodrame. Décor pour « Trois Mousquetaires ». Cadre pour épisode de cape et d'épée, hommes d'armes, aventures et combats singuliers. On y rêvait d'amour surpris, d'escalade, de fuites, de poursuites et de guet qui vient. Et il n'était pas jusqu'au silence qui ne prêtait au leurre. Les choses immobiles semblaient attendre ce qui allait se passer.

Un carrefour. Des marches ruisselantes de clarté. Un escalier de pierre montant très haut, on ne savait où. Une cour d'église s'ouvrait devant eux. Au milieu, s'érigeait une croix avec le Crucifié. Et rien n'était plus impressionnant que ce Christ dans cette nuit magique, avec le dessin de son ombre sur les dalles. Les pas du couple résonnaient sur ces dalles. Le prince se sentit empli de crainte et de respect. Mainte-

Vrai décor de mélodrame. (p. 39.)

nant, ils montaient; ils posaient le pied sur les marches, doucement, avec la préoccupation de ne pas faire de bruit pour ne pas troubler l'admirable silence de tout. Alors, tout d'un coup, voici que du clocher de l'église, tout près d'eux, le bourdon, mis en branle par une main invisible, jeta dans l'espace argenté une note profonde qui les fit tressaillir ensemble. Courte impression de leur âme nerveuse! Déjà, ils touchaient au faîte, à l'inconnu.

C'était une plate-forme couverte d'herbe. Devant eux, un mur. Était-il proche? Était-il lointain? Le prince n'aurait su le dire, car ses yeux n'en avaient pu encore déterminer ni la forme ni la place. Il n'était pas blanc, mais comme bleuté et couleur de lune. Louis s'avança et reconnut que ce mur n'avait pas de fin et que c'était le ciel et que c'était l'espace. A ce moment, comme une rafale de vent secouait des peupliers au-dessus de sa tête, il se sentit trembler comme eux, regarda Ninette, vit qu'elle était toute blanche et se serrait contre lui

— Allons-nous-en, dit-elle.

Simple effet d'un peu de nuit, d'un peu de lune! Ce paysage qu'elle connaissait, qui lui était familier, cette plate-forme qu'elle avait foulée souvent, en plein jour, au soleil, l'effrayait si fort à cet instant qu'il ne reconnut pas sa voix. Mais il aimait à se donner des émotions et resta encore. Le spectacle était si grand qu'il oublia sa compagne et s'oublia lui-même. A ses pieds s'ouvrait le vide. La petite rivière de la Rouvre, toute luisante et comme étamée, allait se perdre dans l'obscurité des montagnes. Un cordon de gaz dessinait Sainte-Marie, maisons pâles, volets clos, gens endormis. Encore cela n'était rien. Dans une anse formidable du sol, quelque chose d'immense s'enflait et bougeait : l'Océan. La lumière ne l'embrassait point. Il restait indistinct ; il restait mystérieux, et l'on ne distinguait nettement que sa ligne d'écume qui faisait à la terre un long liséré blanc. Mais son travail de monstre se percevait. On le sentait soulever ses vagues qui retombaient et se brisaient infatigablement. L'inexprimable beauté de ce spectacle sous la lune !...

Le prince se croyait au bout de son émotion quand il tourna la tête et vit des cyprès très noirs qui, par-dessus un mur très blanc, s'inclinaient comme pour le saluer.

— Allons-nous-en ! répétait Ninette, c'est un cimetière.

Il regarda : le mur était percé d'une porte à claire-voie. Il voulut l'ouvrir. Elle était close. Et, d'ailleurs, une petite lumière qui brille perpétuellement dans la chapelle d'une tombe, le saisit d'effroi. Il y avait là quelqu'un, sûrement. Il n'y avait personne. Cette lueur de veilleuse était seule vivante dans cet enclos de la mort. Son cœur battait étrangement et il avait la racine des cheveux sensible. C'était, maintenant, par cette nuit troublante, par cette nuit surnaturelle, un paysage de revenants, c'était de l'Edgar Poë et c'était diabolique.

Alors il suivit Ninette qui l'entraînait. Ils redescendirent les marches, retrouvèrent la rue de Saint-Marcelin. Tout y était calme et immobile. Le vent qui passait plus haut ne troublait pas ici le silence des choses. Ninette, déjà rassurée, songeait au départ de son ami.

— Tu m'oublieras.

Il dit :

— Et toi ?

— Moi, jamais !

Ils continuèrent de marcher. Il avait passé le bras autour de son cou, affectueusement, et il se sentait de la tendresse pour elle. Comme elle ne disait rien, il s'avisa qu'elle reniflait doucement :

— Tu pleures ?

Elle pleurait. Il fut touché et malheureux aussitôt. Il répétait :

— Ma chérie... Ma petite chérie...

Mais comme il voulait boire ses larmes elle cacha la tête dans ses mains avec un geste peureux et charmant. Il écarta délicatement ces mains et son visage reparut. Elle ne pleurait plus maintenant et sa petite âme fière lui fit dire :

— Je n'ai pas pleuré. Ne crois pas que j'aie pleuré. D'abord cela ne signifie rien. Les femmes nerveuses pleurent comme ça, quand elles veulent.

— Tais-toi ! tais-toi ! protesta-t-il.

Et la soulevant de terre avec force :

— Tu es exquise, je t'adore !

Une ombre passa près d'eux, comme ils se donnaient des caresses. Cette ombre se retourna. Ninette, honteuse, s'écarta de Louis :

— On nous regarde.

Que lui importait ! Le monde entier l'eût aperçu qu'il n'eût pas bougé. Une tendre exaltation le possédait. Il la reprit, l'enlaça, tint sa joue contre sa joue qu'il sentait chaude de fièvre :

— Ma chérie... ma petite amie...

Onze heures sonnèrent. Ils étaient sur la petite place où donnait la maison des Etchebal. Elle murmura :

— Là, nous allons nous quitter.

Il ne trouvait plus de paroles. Il l'embrassait simplement et sans fin. Ils firent quelques pas ainsi et se trouvèrent devant la maison

Toujours cette lune et cet enchantement muet des choses. Quel pouvoir ensorcelant a cette lumière et comme elle remue l'inconnu de nos êtres!... Il semblait qu'il eût neigé sur la petite place, tant elle apparaissait blanche et froide sous le rayon qui la baignait. Il semblait aussi qu'elle dormait pour l'éternité. Et la maison des Etchebal, découpée étrangement comme tous les objets visibles, avait, ce soir, un prestige de féerie. Si tout cela n'existait pas? Ninette frappa au volet, puis elle s'écarta un peu, avec son ami. Leurs ombres courtes et très noires bougèrent sur le sol de neige. Elle murmura :

— Tu reviendras?

— Je reviendrai.

Ils s'étreignirent, ardents et tristes. Un bruit se fit dans la maison. Ninette, vite, se détacha de lui. Une pression de main les réunit encore. Déjà la porte s'entr'ouvrait. Elle entra. La porte se referma et le prince resta là, un peu surpris que cela se fût fait si vite. Des bruits de voix partaient de la maison. Une voix de femme, la mère, sans doute, semblait gronder. La voix de Ninette répondait, plus douce. Mais comme elles parlaient basque, il ne comprit pas. Il revit la porte, l'étroite marge du trottoir, et cette clarté comme irréelle qui tombait sur tout. A l'intérieur les voix s'étaient tues. Le silence régnait. Un silence de mort. Et il songeait, en s'éloignant, qu'il y avait bien de la mort, en effet, dans ce silence, puisque c'était un instant agréable de sa courte durée humaine qui venait de mourir là.

XV

Voilà, cette histoire a le dénouement banal des histoires de la vie. Il croyait ne plus

revenir en partant la première fois. Il revint. Il croyait la revoir en partant la seconde fois. Il ne la revit pas. Ils s'étaient quittés vers la fin de décembre, au seuil d'une nouvelle année. Cette année-là fut marquée pour lui par deux événements importants. D'abord, son mariage avec une princesse autrichienne, triste et rêveuse; puis la mort de son père qu'un accès de rhumatisme au cœur enleva subitement, en pleine vigueur physique.

Il subit ces événements avec une sorte de doux fatalisme. Il savait que de graves considérations d'État militaient en faveur d'une alliance désirée par son auguste famille et longuement préparée par les chancelleries. Il s'inclina. Car, bien qu'il eût fait longtemps « l'école buissonnière », son éducation de prince l'avait préparé à remplir des devoirs inconnus aux autres mortels. Toute situation qui a des avantages a des inconvénients. La sienne lui imposait en cette matière de sacrifier ses goûts personnels à l'intérêt de sa dynastie, ce qu'en langage de cour on appelait « l'intérêt de son peuple ».

Avec la même résignation, il perdit son père et lui succéda. L'éclat de la couronne n'égaya pas son jeune visage, pas plus que son poids ne l'assombrit. La presse, qui répandit dans l'univers le récit de son couronnement, fut unanime à vanter sa bonne mine. Il ne fut ni trop grave ni pas assez. Il le fut à point. Et ce timide de la veille trouva sur les degrés du trône l'attitude qui lui manquait jusqu'ici. La dignité impériale le révéla au monde sous un aspect nouveau. La douceur de son regard clair toucha le cœur des femmes, et on s'accorda généralement à trouver qu'il avait, dans sa barbe blonde, de la grâce et de la majesté.

Au fond, il acceptait passivement son sort et se vit, sans trouble, maître des des-

L'abbé Chrétien.

tinées de l'Empire. Un aventurier de génie comme Napoléon dut se sentir vivre superbement le jour où il réalisa son rêve. Lui, non. Il n'avait pas souhaité la puissance. Elle ne lui apporta rien. Il continuait logiquement le règne de son père et celui de ses ancêtres. En devenant empereur il accomplit naturellement une fonction à laquelle le destinaient sa naissance et son rang. Il fut sans trouble, comme il sied à qui se croit l'élu de Dieu, et, durant la journée du sacre, il se sentit une âme semblable à son visage, une âme impassible et sereine, un peu une âme d'idole, tandis que la foule lui prodiguait des marques de respect et d'enthousiasme.

Même, il apprit sans trop d'émoi — pareil fait s'étant produit au couronnement de son père — que des milliers de ses sujets s'étaient fait fouler aux pieds des chevaux pour le voir passer.

Cependant, au pays basque, là-bas à Sainte-Marie-des-Dunes, une petite fille de France suivait avec une émotion singulière le récit de ces événements. Quelques années ont passé. Ninette est une façon de dame, maintenant. Elle habite Irsilla et vit d'une pension de six mille francs prise sur la cassette impériale. Comme elle se trouve à l'abri du besoin, comme elle jouit d'un peu de luxe, comme elle a ses lendemains assurés, on la vénère un peu dans sa petite ville. D'ailleurs, elle se tient avec une dignité parfaite. Elle s'habille d'étoffes sombres qui lui donnent une grâce de mélancolie. Elle semble une jeune veuve. Et c'est une veuve honoraire. Après ce contact illustre, elle ne pouvait tomber à d'autres. Elle se garde. Elle est un objet historique, qu'on signale, avec des allusions discrètes, aux touristes visitant le pays. Ceux-ci font un détour, souvent, pour passer, boulevard Carnot, devant une villa dé-

Le docteur Carrière.

Le marguillier de la paroisse.

sormais célèbre. Avec ses deux rangées de fenêtres closes, la façade sommeille au soleil, toute blanche, sous son toit de tuiles rouges. Et comme il ne se passe pas de semaine sans qu'un amateur ne la fixé au passage sur son objectif, les vues d'Irsilla courent le monde aujourd'hui. En province, notamment, dans le salon du sous-préfet ou du recteur d'académie, ouvrez un album. Vous êtes à peu près sûr de retrouver la petite façade blanche entre deux portraits de famille.

Elle, l'habitante de cette villa célèbre, vit assez retirée et ne sort guère que pour se rendre aux offices ou pour une promenade en voiture, dans la campagne. Elle est très pieuse. L'abbé Chrétien, curé de Sainte-Marie, le docteur Carrière et le marguillier de la paroisse, composent toute sa société masculine. Aux interrogations indiscrètes du docteur, qui étant le plus jeune est aussi le plus curieux des trois, elle évite de répondre. Elle laisse pourtant supposer, par son silence à des questions plus précises, qu'une correspondance l'unit encore à son lointain ami. Et le docteur, encore mal revenu de la surprise que cette histoire lui cause, s'adresse à lui-même des « C'est épatant ! Mon Dieu que c'est épatant ! », tout en redescendant le boulevard Carnot.

Mais, seule, Ninette se sent oubliée.

Elle se trompe. A côté de sa chambre d'apparat, dans le petit réduit tout simple où il aime à se réfugier pour y fumer, avec ses chiens à ses pieds, l'Empereur, souvent, songe à des choses passées. Près de lui, dans le tiroir d'un meuble, dorment des secrets qui ne sont pas des secrets d'État, mais ceux plus doux à son cœur de sa vie sentimentale. Il lui arrive d'ouvrir ce meuble. Il arrive que deux portraits tombent sous sa main, ceux que lui envoya Roger à Balmoral. Il y revoit une petite fille en cheveux, pas jolie, debout, de face et de profil, dans une petite blouse de percale ou de linon, serrée à la taille par une ceinture blanche. Quelque chose de tranquille, de doux, de simple, de reposant, émane d'elle. Elle porte sur son visage cette petite âme voisine de la nature et cette grâce de silence qui n'était qu'à elle. Quels sentiments l'animent devant cette image où il retrouve le ton de la chair, le grain de la peau, le satin humide des lèvres, et surtout la vertu mystérieuse d'un épiderme qui le rendait neuf, si neuf et ardent au plaisir ? Soupire-t-il après ce qui est loin et ne revivra plus ? Il repose les portraits. Il caresse ses chiens. Il fume, rêveur.

Qui sait ? Il rêve peut-être à la joie d'être pâtre ?...

Flânerie au pays basque

Hendaye

J'habite chez Loti, au bout du jardin, une blanche tourelle éloignée de tout bruit, vraie retraite de chartreux, chambre de Robinson bâtie sur la Bidassoa. Un escalier de pierre descend vers la rivière qui vient, les jours de beau temps, lécher les marches avec un gai clapotis, et, les jours d'orage, briser contre elles ses vagues écumeuses. En ce moment, deux heures de l'après-midi, comme je m'accoude à la fenêtre, le flot s'est retiré, et l'eau, tapie là-bas au creux des sables, n'est plus qu'un mince serpent fluide qui somnole dans la chaleur. Et c'est, devant moi, toute une moitié de l'horizon, un grand vide, de l'espace, le ciel bleu.

D'abord, l'étendue mélancolique du sable jaune, avec le mince cours d'eau qui achève de s'y tarir ; puis, en face de moi, sur la rive espagnole, Fontarabie, le petit village de Fontarabie, avec son antique église aux pierres roussies par le soleil, le château de Jeanne la Folle, dans un fouillis de verdures, et l'écran immense des Pyrénées qui le dominent ; puis, encore, à droite, le golfe de Gascogne, l'océan de soie bleue qui baigne de ses mêmes ondes l'ancien monde et le nouveau. Décor majestueux et immuable qui a vu, durant des siècles, des hommes innom-brables passer et disparaître, et qui nous inflige, par le contraste de son éternité, le sentiment attristé de nos fragilités humaines !

L'air est d'une admirable transparence et d'une extrême sonorité. Le pas d'un enfant qui marche pieds nus sur le sable, au loin, frappe mon oreille, et la journée est si claire que j'aperçois, en Espagne, courir une carriole sur la route de Fontarabie.

Ainsi, de ma fenêtre, je découvre toute une moitié de l'horizon, et, sous la cloche du ciel, dans cet air transparent et sonore, je suis comme dans l'intérieur d'une perle.

Et je me remémore mon premier séjour ici, il y a cinq ans, de petits faits, de petites choses lointaines qui secouent leur poussière d'oubli et qui s'éveillent en foule. Ces montagnes, là-bas, brunes et velues comme des bêtes géantes, je les connais. Je connais les chemins pierreux qui les parcourent, les sources fraîches qu'on y rencontre, le plateau qu'on ne soupçonne pas d'en bas, les routes, le hameau, le cidre qu'on y boit, altéré par la montée, les senteurs de thym et de menthe, les griseries de grand air, et, parmi les vols d'oiseaux de proie, le gigantesque spectacle qui vous attend au faîte... Et Fontarabie, je le connais aussi, Fontarabie avec sa porte blasonnée, son étroite rue du moyen âge, aux maisons si chargées de corniches qu'elles ne laissent voir, au-dessus de soi, qu'un fil de ciel. Je connais le château de la reine Jeanne, cette prestigieuse ruine que des escaliers et des planchers récents permettent de visiter. Escaliers rustiques, escaliers de grange, qu'on franchit avec respect! Salles immenses percées de fenêtres en ogive où le jour, semble-t-il, est fatigué d'entrer. L'ombre y règne, hallucinante dans certains coins, et le visiteur, troublé par le bruit de ses pas, s'arrête, pendant que ce bruit lugubre se répercute le long des grandes salles vides, évoquant d'autres bruits de pas lourds, tout un tumulte d'hommes d'armes dont ces murs retentirent à l'époque de Charles-Quint. Il semble que l'air soit plein de présences invisibles, et l'imagination peuple encore ces grands espaces sonores des soldats qui ont passé, ri, joué, dormi là... Je connais la plate-forme, la grande terrasse carrée où la reine Jeanne venait rêver. Ces pierres ont vu, durant des années, passer sa robe triste comme elles. Des années elle a, sous le même ciel, vu ces choses qui n'ont pas changé : la même Bidassoa, les marées hautes, les marées basses, les mêmes sables tour à tour submergés et découverts, le même travail régulier et monotone des forces de la nature, les mêmes printemps, les mêmes automnes et des matins semblables suivis de soirs pareils.

Hendaye, marges d'ombre sur les chemins ensoleillés, petites vieilles au seuil des maisons, pêcheurs et bateliers; Hendaye, la contrebande et le jeu de pelote, Hendaye et sa paix, son charme de coin perdu, loin du boulevard, de la mode et du snobisme contemporains; c'est là que, pour la première fois, fils des villes, j'ai goûté la joie saine de me rouler dans l'herbe, de sentir bruire autour de moi les mille vies d'infiniment petits, nos frères minuscules qui s'abritent sous chaque brin, que j'ai, les yeux au ciel, admiré le mystérieux enchantement qui enveloppe les hommes. Mystère de la vie, de ces fleurs qui poussent, de ce soleil qui brille, de ce vent qui passe : tout ce qui est beau, tout ce qui meurt et recommence!...

Donc, j'ai retrouvé tout cela. J'ai retrouvé cette qualité d'atmosphère, cette pureté de silence qui semblent acquis à ce pays par l'accumulation des calmes années, cette sérénité éclatante de juillet qu'altèrent à peine les bourrasques venues du large et vite évanouies. Accoudé à ma fenêtre, je goûte cette paix légère, cette saveur de l'air, cette subtile chaleur que ventilent des souffles odorants. Un sentiment poétique m'habite. Il me semble que quelque chose de moi se dilate, emplit ce décor, qu'un réseau magique d'inappréciables fils se tisse autour de mon âme, qu'une communication étroite s'établit entre elle et l'âme de cette journée, entre elle et cette eau, et ce ciel et la mélancolie de ces sables, dans la splendeur de cet instant du paysage. L'esprit ne saurait mettre de paroles sur ce que je ressens. C'est fluide, confus, insaisissable et profond. Il fait si clair, si doux; mon regard, qu'aucun éclat ne blesse, découvre des lointains si nets, si précis, si distincts, les objets sont si tangibles et l'éther si diaphane que tout leurre paraît cesser et que j'ai, une seconde, l'impression un peu obscure, et certainement très absurde, qu'il n'y a plus de secret, qu'il n'y a plus de mystère et qu'il me suffirait d'un très petit effort de ma pensée paresseuse, pour concevoir ce qui doit être si simple et qui, depuis le commencement du monde, échappe à l'intelligence des hommes. Aussitôt, par analogie, je songe à ce personnage d'un roman de Jean Thorel qui eut, un matin, en s'éveillant, le sentiment très net d'avoir formulé en rêve une définition du bonheur, aveuglante de clarté, sans qu'il lui fût possible de retrouver ce que c'était.

II

La Guadeloupe.

Deux coups frappés à ma porte me tirent de ma rêverie.

— Entrez !

C'est Marius, le vaguemestre du *Javelot* qui, son courrier distribué, est libre. Il a

Il me dit aussi que Savin, le second-maître du *Javelot*, désire être des nôtres. Nous n'aurons qu'à le siffler en traversant le pont international, au pied duquel le stationnaire français est amarré. Voilà qui est entendu.

Nous avons quitté ma tourelle et gagné le jardin. Le jeune fils de Loti, Samuel, devant la maison, s'amuse à grimper le long de la corde lisse qui pend du balcon. Accroché à

Voici le Javelot, *tout blanc et coquet...* (p. 48.)

quitté aujourd'hui son costume au col bleu et mis des vêtements bourgeois parce que nous devons aller en Espagne, jusqu'à la Guadeloupe, le petit hameau perché dans la montagne qui domine Fontarabie.

— Et quoi de neuf, Marius ?

— Rien, sinon que nous serons obligés de faire le tour par Irun. Il ne faut pas songer à traverser la Bidassoa avec si peu d'eau !

elle par les mains, les pieds sur le nœud qui la termine, il se laisse balancer. C'est à présent un grand garçon de huit ans, à la fois très remuant, très joueur et très sage. Déjà sa conversation traduit un esprit réfléchi qui étonne parfois. A table, ce matin, comme nous parlions des rêves, il nous dit : « Moi, j'aime mieux les mauvais rêves que les bons rêves. — Pourquoi ? lui demande son père. —

Parce qu'après un mauvais rêve je suis content de m'éveiller, tu comprends; tandis qu'après un bon rêve ça m'ennuie, je suis jaloux... voilà. » Et cette réflexion, certes, n'est pas d'un enfant.

En ce moment, il tue le temps. Le train de cinq heures doit amener à Hendaye ses cousines les Tototes, et c'est une fête pour lui. Depuis deux jours, il n'est question dans la maison que de leur arrivée. C'est un gros événement. « Vous verrez, m'a-t-il dit. Elles sont un peu grandes pour moi, car Totote a douze ans, et Dizé onze bientôt, ce qui ne les empêche pas de jouer tout de même avec moi. C'est Totote qui est la plus sérieuse. Mais je vous préviens que Dizé est très susceptible, et, comme elle est très maligne, si vous vous mettez mal avec elle, vous n'aurez pas fini. » Ainsi me voilà prévenu.

Pendant que Marius, pour lui plaire, imprime à la corde un mouvement plus vif. Loti, qui apparaît à la fenêtre, nous crie :

— Bonne promenade !

— Alors, vous ne nous accompagnez pas ?

— Non, j'ai à travailler.

Nous voilà donc partis, Marius et moi. Nous gagnons la gare, la grande gare d'Hendaye, où s'arrêtent les lignes françaises et que prolonge, jusqu'au pont reliant les deux pays, un décor de wagons immobiles, poussiéreux, livrés à l'abandon, parmi l'herbe folle, d'un bout à l'autre des mornes journées d'été. Wagons qui ont porté à travers les distances l'espoir ou la détresse d'amis, de parents appelés par télégramme, l'agrément ou le souci de gens allant les uns à leurs affaires, les autres à leurs plaisirs. Vieilles caisses de bois, compartiments, banquettes, où tout un peuple de voyageurs a passé. De quels tracas, de quelles béatitudes, de quels projets, de quels rêves, de quel tohu-bohu d'idées

sombres, gaies, poétiques ou terre à terre, graves, folâtres, absurdes ou raisonnables ces objets se sont-ils imprégnés? Quelles parcelles insaisissables restent en eux de ces vies qui se sont croisées là sans se connaître, qui eussent pu s'attacher l'une a l'autre et qui se sont éparpillées selon d'imprévoyables destinées? Quelles traces invisibles y demeurent de tous les drames dont ils furent témoins, de toutes les aventures comiques, tragiques, singulières ou banales, que, sur la surface du vaste monde, des mémoires d'êtres revivent, en évoquant le coin capitonné, le filet, l'accoudoir, la portière dont elles s'encadrèrent? Voitures pensives, très vieilles et respectables! Souvent, par de hauts matins, autrefois, je suis venu cueillir des fougères et des boutons d'or entre leurs roues paralysées. Alors, dans ce prolongement de gare, au milieu de ces rails, de ces disques, de ces signaux, n'entendant d'autre bruit que le bourdonnement des insectes dans l'herbe, comment dire l'étrange sentiment de tristesse et d'abandon que ces vieilles choses jetaient dans mon âme sous l'accablant soleil?...

Nous sommes à l'entrée du pont international. Voici le *Javelot*, tout blanc et coquet, avec ses fins cordages, sa coque légère et ses cuivres polis. Savin, qui nous y attendait, nous rejoint. Il est en tenue de coutil, casquette de marine blanche, et il lui a suffi d'enlever les galons mobiles de ses manches pour pouvoir, sans contrevenir aux règlements, franchir la frontière espagnole. Deux grands chiens, au long museau, à l'œil intelligent, l'accompagnent, et comme nous nous sommes engagés sur le pont, déjà leurs folles gambades nous précèdent dans Irun, dans cet Irun si animé, si bariolé, le dimanche, et comme envahi durant la semaine par une langueur de sieste. Un petit tramway qui file sans bruit à l'ombre de ses maisons nous reçoit bientôt et nous dépose, dix minutes plus tard, à Fontarabie.

Là, au pied de la montagne, première halte dans la cour tapissée d'herbe d'une *fonda* où du cidre clair nous désaltère. Après quoi, en route! La montée n'est pas rude jusqu'à la Guadeloupe; elle est seulement longue. Mais les chemins en lacets, les chemins jaunes et doux aux pieds en sont pleins de caprices et de variété. Des pierres les parsèment dont la pluie des siècles a usé les arêtes et arrondi les angles. Et cela, joint à de profondes ornières creusées par les roues massives des chars à bœufs, provoque chez l'excursionniste toute une ingénieuse gymnastique dont je retrouve cet après-midi, après cinq ans, le charme alerte et jeune. Les chiens, devant nous, derrière nous, se poursuivent, se rattrapent, escaladent les contreforts, dévalent par les pentes, s'ébattent parmi les mousses. Une vie nerveuse, souple, agile, infatigable, circule ainsi autour de nous, entoure, ceinture, fouette et stimule notre montée. La même joie animale s'étend de ces bêtes à nous, harmonise les mêmes forces d'instinct sous la surface différente des espèces.

Ils vont, ces chiens, la langue pendante et la queue en trompette. Plus prudents et moins lestes, nous allons d'une pierre à l'autre, en calculant nos enjambées. Et de tous nos sautillements réunis, naît, sur les chemins, une sarabande de petites ombres folâtres et diaboliques.

Il est près de cinq heures quand nous atteignons la Guadeloupe. Une courte place carrée, vêtue d'herbe et plantée de chênes, s'avance en terrasse sur le versant de la montagne. A l'ombre de ces chênes, une vingtaine de moines se reposent des fatigues de la journée. Apparition imprévue qui

appelle dans ce décor de feuilles l'idée soudaine d'un troisième acte d'opéra-comique. En effet, devant ces robes de bure, cette corde semée de nœuds et trop neuve qui ceint leurs reins, cette tonsure trop nette et comme factice, j'ai, oh! t ès fugitive! l'impression de figurants s'avançant sur une scène pour entonner un chœur. C'est que, habitué à voir la réalité différer toujours des formes artificielles qui veulent la représenter, l'esprit ne conçoit pas immédiatement que ces moines, ces vrais moines, puissent avoir avec le classique père capucin des grands et des petits guignols une aussi parfaite identité. Toute fugitive, je l'ai dit, mon impression ne mérite pas ces phrases. Déjà elle est loin, et j'éprouve peu à peu la gravité dont ces hommes austères imprègnent ce lieu. Barbus ou rasés, la plupart vigoureux, dans la force de l'âge, ils goûtent, par cette journée d'été, l'apaisement qui tombe des grands chênes. Ils parlent peu entre eux, adossés aux troncs ou assis sur la pierre, gardant là, dans cette trêve du travail, leurs habitudes de recueillement et d'humilité. Et, à étudier leurs visages qui respirent la force et la paix, à pénétrer la sérénité puissante de ces âmes qui ont renoncé à tout, on sent déconcertée en soi l'étroite, l'égoïste, la fragile conception que nous avons du bonheur.

L'un d'eux, assez grand, avec un visage fin, une barbe presque gracieuse et un air d'élégance dans sa robe de bure, se promène à quelques pas des autres. Il est manifeste que c'en est le supérieur. Certains s'approchent pour lui parler, puis s'en reviennent. Oui, il y a quelque distinction dans la personne de ce moine. Marius, au courant de toutes les légendes qui circulent, me conte qu'il est apparenté aux plus grandes familles d'Espagne.

Quel chagrin secret l'a été dans ce

cloître? Voici qu'il m'inspire aussitôt un intérêt tout neuf et qu'il se trouve, par ce détail, rehaussé d'un prestige. C'est qu'il a subitement cessé d'être un personnage de la vie courante pour prendre, à mes yeux, le relief d'un personnage de roman.

Et je songe de nouveau confusément à toutes nos joies périssables, tout en suivant, dans une sorte d'auberge ouverte sur la

L'un d'eux se promène à quelques pas des autres. (p. 49.)

place, mes compagnons que tourmente la soif. C'est, au premier, une salle commune où deux artilleurs espagnols jouent aux cartes. Ils viennent d'un fort, établi sur le plateau, et qu'on découvre d'ici. Dans cette salle, nous voyons bientôt apparaître le supérieur suivi d'un gros moine à la ceinture duquel pendent des clés. Ils nous saluent, vont au fond, dans une salle plus petite, où ils se font servir du cidre, du pain et du jambon. Pendant ce temps les autres moines, les simples moines, demeurent devant la porte. Ce qui prouve que, partout chez les hommes, égalité, fraternité ne sont que de vains mots.

Quand nous redescendons, un peu plus tard, la place est vide. Le troupeau des robes de bure est rentré silencieusement dans le monastère dont le clocher domine le hameau. Alors, malgré le soleil qui le dore, cet asile du bonheur m'apparaît glacial maintenant, à la façon d'une caserne redoutable et mystérieuse, d'une caserne où des gens ordonnent et des gens peinent, sans garantie, ici plus qu'ailleurs, de justice, de bonté, de solidarité et d'amour.

Cependant, il nous reste à gravir une dernière bosse de la montagne. Il n'y a plus de chemins, ou plutôt nous n'en distinguons pas, et c'est une montée à l'aventure, sur de la terre durcie, en s'accrochant des pieds et des mains aux mousses desséchées, aux herbes cassantes. Ici, vers la cime, plus de reposantes verdures, un sol aride, sous l'âpre vent qui le rase sans cesse. A mesure que nous montons, l'horizon se recule, s'ouvre, s'élargit. Voici l'Océan bleu. Voici la côte brune, la côte de France jusqu'à Biarritz, la côte d'Espagne jusqu'à Saint-Sébastien. C'est une figure d'atlas avec ses sinuosités, ses villages, ses cours d'eau, ses montagnes. Celles-ci, par leurs formes, prennent des apparences de vie. Il semble que nous marchions sur le dos d'une énorme bête accroupie là, les pattes repliées, auprès d'autres bêtes, ses sœurs ; et, vraiment, une fois au faîte, étendu sur son poil rude, je crois l'entendre vivre et respirer, cette bête géante qui me porte.

La vertu de ces courses en plein air est de vous composer une âme enfantine. Nous nous laissons aller, pour redescendre, à une course vertigineuse. C'est fou! Il y a de quoi se rompre vingt fois les jambes à dégringoler ainsi sur des pentes raides. Mais bah! le vent et la vitesse nous grisent; la terre durcie paraît molle et élastique; l'herbe piquante prend le moelleux d'un tapis. On court, on glisse, et on se retrouve à la Guadeloupe; étourdis, essoufflés et riants.

Le soleil a disparu quand nous sommes de retour à Fontarabie. Une courte brise passe sur la Bidassoa qui, maintenant, coulant à pleins bords, fait danser devant le quai une flottille de barques légères. Dans l'une d'elles, où nous avons pris place, un jeune passeur déployant sa voile nous ramène à Hendaye. Il fait presque nuit, et cette traversée, dans le silence et l'obscurité, a je ne sais quel air d'aventure qui m'impressionne. Notre barque glisse, comme une ombre, avec les seuls bruits négligeables de la brise enflant la voile et de l'onde qui ruisselle. Et sur cette rivière agitée de vagues, par ces ténèbres qui semblent hostiles, nous avons l'air de fuir la vieille et mystérieuse Espagne, pareils, en cette fuite sourde et précipitée, à des conspirateurs d'autrefois.

III

Les Tototes.

Ensemble, c'est les Tototes. Séparément il y a Mlle Totote et Mlle Dizé. Pourquoi Totote et pourquoi Dizé ? C'est Samuel, à l'âge où l'enfant, avec des notions incomplètes du langage, compose par des sons une image de ce qu'il ressent, c'est Samuel qui les a dénommées ainsi. Lui-même, très certainement, ne saurait dire pourquoi, parce qu'il l'a oublié; mais, si l'on cherchait bien, on trouverait à cela, j'en suis sûr, une expli-

cation naturelle et logique. Car il y a toujours un fond de logique dans le travail obscur de ces petites cervelles cherchant, de façon rudimentaire, à désigner les formes, les couleurs et les bruits de la vie. Je n'en veux pour exemple que le fait suivant : Un petit garçon de deux ans que je connus chez des amis, dans la ville de province où je fis mon service militaire, m'appelait, chaque fois qu'il me voyait, le *Pam*. Pour lui, j'étais le *Pam* et pas autre chose. A première vue, cette appellation barbare semblait sans raison. Mais, en réfléchissant, je trouvai ceci : cet enfant voyait chaque dimanche les soldats à la musique. Là, celui qui jouait de la grosse caisse : pam! pam! avait probablement frappé le plus son attention. Par extension, tous les individus porteurs d'un pantalon rouge étaient, pour lui, devenus des *Pam*.

Donc, les cousines de Samuel, Mlle Totote, douze ans, et Mlle Dizé, onze ans : ensemble les Tototes, sont arrivées. Mlle Totote, très raisonnable, vous a déjà des airs de petite femme pénétrée de sa dignité. A table, elle se sert largement une bonne part de l'entremets sucré, mais n'en reprend pas, pour marquer qu'elle n'est pas gourmande. Elle élève son verre quand on lui sert du vin : « Très peu, oh! très peu! » et demande beaucoup d'eau. Elle casse son pain gentiment et porte la fourchette à sa bouche en tenant le petit doigt en l'air. Mlle Dizé, plus remuante, plus diable, blonde avec des yeux clairs, interpelle les domestiques, se mêle à la conversation, rit très fort, se renverse, s'étrangle en buvant, approuve, désapprouve et mène tambour battant toute la maison.

Mlle Totote vient me rendre visite, avant le déjeuner, dans ma tourelle. Elle frappe. Je dis : « Entrez ». Elle entre avec dignité, referme la porte lentement, vient jusqu'à la table où j'écris, remet en place un feuillet dérangé, se mire dans une glace et me dit :

— « Vous voyez, je viens vous voir sans cérémonie. Je n'ai même pas mis de corset. Ainsi l...

M^{ue} Dizé, elle, est moins apprivoisée. Elle ne me témoigne pas cette confiance familière et garde vis-à-vis de moi l'indépendance de son petit caractère altier. Nous sommes deux antagonistes, deux antagonistes qui se mesurent. C'est entre nous une petite guerre d'escarmouches. Elle m'a dit : « Vous êtes taquin, monsieur ; mais je le suis encore plus que vous. » C'est ainsi qu'elle m'a prévenu que dimanche, à sept heures du matin, elle viendra, avec Totote et Samuel, faire un tel tintamarre sous ma fenêtre que je ne pourrai dormir. En attendant, elle me fait

Elle referme la porte lentement...

des niches. Elle a corrompu le domestique qui fait ma chambre, et, hier, en me couchant, j'ai trouvé mon lit en portefeuille, c'est-à-dire que le drap en était plié en forme de poche, de façon à ce qu'il me fût impossible de m'y allonger. Il va de soi que je me suis bien gardé, ce matin, de souffler mot de la chose. Or, ces demoiselles, à midi, sont venues s'inviter à déjeuner, pour juger sur mon visage « si j'avais été attrapé ». Et n'y voyant rien paraître, Dizé s'est décidée à m'interroger :

— Vous avez bien dormi, Monsieur ?

— Oui, très bien, Mademoiselle, je vous remercie.

Le ton naturel et indifférent de ma réponse provoque chez elle une série de petites mines qui traduisent l'étonnement, puis la curiosité, puis l'impatience de savoir si je suis sincère ou si je me joue d'elle.

— Ah ! reprend-elle, vous avez bien dormi ?

— Pourquoi voulez-vous que je n'aie pas bien dormi ?

Alors, toute dépitée :

— C'est ça : je m'en doutais. Ça n'a pas pris.

— Comme tu es peu fine, lui dit sa sœur. Tu viens de te vendre.

Mais elle n'écoute pas. Ça n'a pas pris. Le tour était manqué. Elle se rappelle, pourtant, que le domestique lui a promis... Par exemple, elle se charge de lui dire son fait à celui-là !...

— Tiens ! Tiens ! Vous m'aviez donc joué un tour, Mesdemoiselles ? Voyez-vous ça !... Donnant, donnant, je vous en ménage un de ma façon, et je crois que vous ferez bien de vous tenir sur vos gardes, car ce sera terrible.

Le fin visage de Dizé trahit l'effroi de cette chose inconnue et terrible qui la menace. Totote qui, pour sa part, n'est pas plus rassurée, m'implore :

— Oh ! pas à moi, monsieur. Moi je n'ai rien fait.

— Pas à moi non plus, fait Dizé.

Et, dans l'après-midi, les voilà qui sont venues mystérieusement me dire :

— Écoutez, monsieur, faisons trêve. Si vous voulez, nous allons nous mettre ensemble, et nous ferons une bonne niche à notre oncle Julien [1].

Dizé proposait de lui coudre les manches de sa chemise avant son réveil. Totote inclinait pour qu'on lui mît de l'huile de ricin dans son potage. Je promis de réfléchir. Et les voilà parties, appelées par Samuel qui, au bas de la tourelle, fait la pêche aux crevettes. Car ces demoiselles, chaque jour, font la pêche aux crevettes. Pieds nus, leurs robes proprement ramenées entre leurs jambes, elles barbotent dans l'eau, recueillent dans un seau les crevettes qu'elles trouvent et les vendent ensuite à la cuisinière. Deux sous le cent. C'est pour rien. Il paraît qu'au marché on les vend jusqu'à dix-huit sous. Mais Dizé m'a annoncé qu'elle allait augmenter ses prix. Car, raisonnablement, comment voulez-vous qu'on s'en tire dans ces conditions-là ?

IV

La Rhune

La Rhune est la plus haute cime que nous apercevons dans la chaîne des Pyrénées environnantes. Elle dépasse de quelques mètres les « Trois-Couronnes » qui, plus proches de nous, s'élèvent sur Irun. Pour faire convenablement l'ascension de cette montagne, il faut aller passer la nuit à Ascain.

[1] Loti.

et en repartir le matin, dès six heures, quand la chaleur n'alourdit pas encore l'air. C'est ce que nous avons fait, mon ami Paul Faure et moi.

Je ne sais pas d'ami avec lequel les excursions me soient aussi agréables qu'avec Paul Faure. Depuis cette première promenade, nous avons découvert ensemble mille beautés inexprimables de ce pays, dont on ne trouvera nulle trace ici, parce que je me suis vu impuissant à en rendre le reflet. Mille riens, de petits coins adorables et pleins de rêverie, certaine route auguste quand la lumière s'en va, une prairie au charme de cimetière. Surtout ce charme de cimetière, l'automne, en ce pays si vieux et comme usé, ce pays de silence et de sommeil où l'on ne rencontre presque jamais personne et où les gens ont des figures d'autrefois. Mille riens intraduisibles qui nous remuaient l'âme pareillement. Certains instants de la nature portent davantage l'incroyant à se prosterner que tout l'encens des églises et toute la pompe des offices.

Qu'on me pardonne cette digression si chère à mon cœur. Ceux qu'elle ennuiera ont toute licence de tourner la page. C'est avec Paul Faure qu'en hiver, en été, çà et là, un peu partout, j'ai vu ce que je me rappelle avoir vu de plus beau. Mes impressions les plus vives et les plus durables, il les a partagées, comme j'ai partagé les siennes. Et les souvenirs d'instants magnifiques, où l'homme atteignant des régions supérieures parvient à oublier ses semblables, ces souvenirs peuvent s'éveiller en moi, ils ne *revivent* vraiment que lorsqu'il est là, parce que sa présence, même silencieuse, les complète et les éclaire.

Nous étions donc convenus, pour cette ascension de la Rhune, que je trouverais Paul la veille, à Saint-Jean-de-Luz. Partis de là, à bicyclette, le soir, vers dix heures, nous avons, par une nuit sans lune, gagné Ascain. La route, bordée un instant par une rivière, coupe droit une campagne verdoyante dont les insectes eux-mêmes s'étaient tus à cette heure, et nous filions dans le silence de tout, avec la sensation de cette eau proche où le premier écart pouvait nous précipiter, n'ayant devant nous, pour nous guider, que le court rayon de nos lanternes. A onze heures, nous étions à Ascain, dans nos chambres, que l'hôtelier Otharré, une célébrité du jeu de pelote, nous avait préparées, sur un mot de Loti.

Quelques heures de repos et nous voilà debout. Il est cinq heures. Mes volets ouverts, un jour terne entre dans ma chambre avec une fraîcheur humide. Des coqs claironnent dans la campagne. L'église, la vieille église, avec son clocher carré, s'érige devant moi, glaciale et nue. Grise est cette première impression d'Ascain par cette aube frissonnante. Mais, dans la salle commune, où une tasse de café chaud nous réconforte, nous perdons, mon compagnon et moi, cette physionomie de gens mal éveillés et cette apparence frileuse que nous avions en descendant.

Armés chacun d'un bâton ferré, nous voilà partis. Nous n'avons pas voulu de guide, préférant l'imprévu d'une montée à l'aventure. Il est six heures, comme nous nous acheminons vers la montagne par de petits sentiers qui coupent court à travers des propriétés. Vue d'ici, elle ne nous apparaît pas très élevée, cette Rhune, et il nous semble bien que, dans une heure, nous en toucherons le faîte. Le ciel gris, maintenant, s'est éclairé ; l'air s'est attiédi. Alors c'est exquis. Pas de soleil encore, mais une lumière claire, limpide, une lumière toute neuve, une lumière pure, qui n'a pas encore

éclairé les laideurs et les difformités humaines, les mensonges et les hypocrisies de la journée. Le soir, quand elle s'en va, elle paraît triste d'avoir éclairé ces choses. Au matin, elle ne connaît rien, elle est virginale, elle rayonne, et c'est une grande joie qui émane d'elle. La route est douce ; l'herbe est humide de rosée. Nous écoutons, autour de nous, bruire le silence. Ce ne sont que d'indistincts, que d'imperceptibles sons, moins que des sons, une très confuse rumeur de choses, le heurt d'une feuille contre une autre feuille, une détente de brins d'herbe, des éveils d'insectes, toute une vie chuchoteuse qui commence à emplir la nature, tirée par la lumière de son engourdissement. Nous montons ainsi une première heure, sans fatigue, jouissant, au contraire, du clair matin, du paysage calme, de l'air savoureux qui nous baigne, emplit nos poumons, circule en nous et semble nous rendre plus légers, à mesure que nous avançons.

Un instant, nous devons nous effacer pour laisser passer un chariot chargé de pierres, un chariot antique aux roues de bois plein et qui descend lentement et lourdement, avec des arrêts, des saccades et des cahots, traîné par deux bœufs roux, nonchalants et tristes. L'homme qui les conduit nous renseigne sur notre chemin, avec un grand geste vague qui semble nous dire : « Marchez! Marchez ! C'est tout là-bas, au diable! » Ce qu'il a dû en voir de touristes, cet homme depuis qu'il conduit ses bœufs, chaque jour, le long de ces interminables descentes !... Son geste, sa façon de branler la tête sous son béret, marquent qu'il n'a pu encore se faire à cette idée que des gens raisonnables puissent, pour leur plaisir, s'en aller gravir ces côtes arides, alors qu'il lui semblerait si bon, à lui, de se reposer à l'ombre des vallées! Cependant, sans plus nous soucier de la longueur et des difficultés de l'ascension, nous voilà repartis, et il y a longtemps qu'il a disparu, lui et son attelage rustique, dans les sinuosités de la montagne, quand nous venons aboutir à l'endroit d'intersection de deux routes. Laquelle prendre? Celle de droite? Celle de gauche? L'homme a omis de nous éclairer sur ce point, et nous sommes perplexes. Car si, d'en bas, on croit distinguer nettement la direction à suivre, il n'en est plus de même quand on monte. Perdu parmi les accidents du sol, les renflements imprévus suivi de creux subits, on n'a plus la vision de l'ensemble; l'œil ne découvre que la partie de terrain limitée par ce pli, ce monticule, cette aspérité masquant tout le reste à une centaine de mètres devant soi. Et l'orientation devient difficile. C'est ainsi que, sollicités par deux voies et livrés à notre seul flair pour discerner la bonne, nous nous engageons avec décision dans l'autre, erreur qui nous contraignit un peu plus tard, pour ne pas retourner sur nos pas et couper au plus court, à descendre dans l'excavation profonde d'une carrière.

Cette carrière abandonnée creusait un énorme bol dans la montagne. Dans ce bol, de gigantesques blocs de granit reposaient, accotés les uns aux autres, se soutenant par leur poids et dressant sur le voyageur téméraire la menace permanente de leur chute. Parmi ces blocs, tantôt juchés sur eux, tantôt

pris dans l'étroit couloir qu'ils formaient çà et là, nous avons regagné le bon chemin, rencontrant les ossements d'une bête que le silence d'abandon, l'air abrupt et sauvage du lieu nous eussent presque fait croire antédiluvienne, et qui devait être simplement un bœuf. Nettoyés par les fourmis, ces ossements étaient d'une curieuse blancheur et d'une netteté d'objets d'art. Nous nous sommes arrêtés devant eux, avec ce

« Marchez! marchez! C'est tout là-bas, au diable! » (p. 54.)

sentiment indéfini, cette songerie vague qu'on a devant une inscription funéraire à demi effacée sur les dalles des vieux cimetières.

Il était huit heures, le soleil maintenant épandait autour de nous sa vie lumineuse qui se faisait ardente par degrés.

Était-ce cette paix large du matin? Était-ce l'atmosphère? Était-ce moi-même? Impression venue des choses ou créée par moi? Longtemps je reverrai ce chaos de pierres toutes dorées de soleil, ces blocs vénérables, à l'ombre desquels je me serais cru au commencement du monde.

Nous avons poursuivi notre route. Nous atteignons, aidés de nos bâtons, des hauteurs verdoyantes au delà desquelles il nous faudra redescendre sans doute. Il se fait, non loin de nous, un bruit monotone, interrompu, un bruit d'eau qui tombe, dirait-on, un bruit de cascade. En effet, nous découvrons bientôt un ravin où coule de très haut un torrent. L'eau, dont nous n'apercevons pas la source, glisse d'abord entre des roches qui nous dominent, puis, d'un élan, d'un grand jet, d'une nappe large, franchit le vide et vient se briser plus bas pour recommencer à couler silencieuse, parmi les herbes. Nous devons contourner ce ravin, bercés par la rumeur du torrent, peu à peu requis, distraits, absorbés par ce compagnon tumultueux.

Vie magique de l'eau! Vie chatoyante, vie merveilleuse, vie mystérieuse, faiseuse de rêves et d'illusions! La voici d'abord dans sa pureté de cristal, courant, fluant entre les roches, limpide et miroitante, enroulée comme une vipère, câline comme une chatte tendre, fine, coquette, fuyante, tour à tour nonchalante et vive, ardente et glacée. Soudain elle s'élance, gronde, s'écrase, écume. Mais, déconcertée un instant par sa propre violence, elle tournoie, se ressaisit, vient, voluptueuse, offrir au soleil qui l'irise son cours apaisé. Miroir glauque, elle semble immobile, captive au creux du sable, tandis que, plus loin, elle ruisselle parmi les mousses, reprend sa vie folâtre et capricieuse, a comme des langues, comme des mains, comme des yeux, comme une chevelure : et elle chante, elle murmure, elle s'amuse, elle s'égaye, elle s'attriste, elle gémit, elle sanglote. Et je songe au symbole, à l'image tangible que cette eau nous offre des instabilités de la vie, de nos désirs, de tout ce qu'on croit étreindre, saisir, garder et qui fuit, de tout ce qui nous échappe, de tout ce qui nous tente, nous ravit, nous séduit, nous attire, nous entraîne, nous noie!...

Maintenant le soleil s'est fait plus ardent. Il pèse sur nos têtes. Nous avons dépassé le ravin, descendu, remonté, fait des détours, et dix heures nous surprennent dans un vallon, étendus sur l'herbe, goûtant quelque repos avant de fournir la dernière étape. C'est ce mamelon hérissé de roches qu'il s'agit de gravir. Il est énorme; il nous écrase de sa hauteur; il nous fait trouver doux le rude tapis d'herbe où s'étirent nos membres las. Une paresse nous engourdit dans la paix chaude de ce lieu où nous arrive encore le grondement du torrent lointain. Les pensées stagnent. Une douce animalité s'empare de nous. L'herbe est pleine de bestioles qui courent, sautent, s'activent, nous entourent de leur minuscule agitation. Nous voient-elles? Que sommes-nous pour elles? Géants terribles ou débonnaires? Elles semblent plutôt ne pas se soucier de notre présence, et il faut que nos mains les pourchassent pour produire chez elles quelque perturbation. Peut-être leurs organes trop fragiles et trop menus ne perçoivent-ils qu'une partie de notre corps? Quelles bêtes monstrueuses avec la paume pour torse, et pour membres les doigts, leur représentent ces mains suspendues sur leur tête? Quel continent figure mon bras, quel promontoire est ma bottine? Touchantes bestioles, vos organes sont à peine plus fragiles, à peine plus menus que les nôtres. Comme vous, nous sommes dupes des apparences. Et pour le peu d'espace que nous embrassons en plus, qui nous dit que nous ne nous faisons pas de l'univers, dont une fraction seule nous apparaît, une conception aussi risible que vous?

Mais voici qu'un bruit de clochettes vient troubler le silence, annonçant quelque présence importune. En effet, un touriste, deux

groupe reparaît. Il reparaît, ici, là, plusloin, emplissant le paysage de sa vulgarité. Et toujours les clochettes tintent au cou des ânes, doux bruit d'appel, plainte discrète qui joint pour nous, à l'ombre de cette présence importune, je ne sais quelle pitié pour cette servitude qui passe.

Désormais le charme est détruit. Certains états de la nature veulent, pour être compris, la solitude. Celui-ci eût parlé à notre âme

Tête basse, ils vont, ces ânes...

touristes, trois touristes, surgissent bientôt, montés sur des ânes et dispersés dans le lacis des sentiers. Tête basse ils vont, ces ânes, le premier surtout, qu'écrase le poids d'un gros homme guêtré de jaune et coiffé d'un panama où pend, derrière, un carré de linge blanc. Les deux autres suivent, résignés, porteurs de deux femmes qu'abritent des ombrelles rouges. Une ondulation de terrain nous les dérobe un instant, durant lequel le dôme des ombrelles court au ras du sol, comme de mouvants coquelicots. Mais le

attentive. C'est fini. Et nous avons un peu la sensation d'une femme qui, prête à se livrer, se reprendrait.

Les mêmes lignes s'étendent devant nous. Le même air baigne les mêmes aspects. La même lumière les éclaire. Quelque chose, pourtant, a été dérangé dans l'harmonie du paysage. Nous n'avons plus la sécurité d'être seuls sur ces régions élevées. Notre impression s'est faite différente. L'intégralité du spectacle ne nous appartient plus. Nous jouissions de sa beauté totale. Un peu de cette beauté nous est dérobée, puisque d'autres curiosités que la nôtre s'y désaltèrent en même temps.

Nous voici debout. Pendant que les touristes suivent une route qui serpente et s'allonge autour du mamelon, nous coupons court parmi les rocs. La montée est raide et presque périlleuse. Derrière nous c'est le gouffre des vallées vertes et de l'eau qui gronde au fond. Nous sommes des fourmis donnant l'assaut à un géant.

Là-haut, un petit vent frais nous assaille et fait flotter les pans de nos vêtements, pendant que le soleil rôtit nos têtes. Ce contraste nous saisit. Nous sommes haletants, entourés de ciel et d'espace. Les ânes doivent être perdus dans le lacis des chemins. Car nous n'entendons rien et planons sur du silence et du vide. C'est grandiose et c'est nul. Sommes-nous émus? Qu'éprouvons-nous? Je crois que nous n'éprouvons rien, ayant usé toute notre sensibilité en route. Nos yeux machinalement embrassent des étendues. L'heure de midi fait éclater de vie puissante tout ce que nous voyons. Le soleil incendie l'herbe; le vent se perd dans l'air bleu. C'est de l'apothéose et c'est de la désolation. C'est de la vie et c'est du néant.

Alors il nous faut redescendre. On se tourne une dernière fois de tous côtés. On voudrait n'être pas venu là pour si peu de chose et toucher, avant de partir, le prix de tant d'efforts. On est un peu déçu que ce soit tout. Un regard sur du vide, et c'est fini. D'instinct on voudrait s'attarder, découvrir un détail imprévu, admirer quelque chose, s'émouvoir, pleurer, lever les bras. Mais l'enthousiasme ne vient pas. Nos âmes sont inertes dans nos corps fatigués. A partir de ce moment, c'est la descente, sous la chaleur torride, par des chemins aveuglants de réverbération; c'est le retour à Ascain,

fourbus et poudreux, le déjeuner sous les arbres riants de l'auberge d'Otthâré, la chanson d'un frais ruisseau au bord duquel nous allons nous étendre ensuite, le retour à Saint-Jean-de-Luz, au crépuscule, le dîner au casino devant la mer grondeuse, la promenade faite pour attendre l'heure du train, le fandango dansé sur la place par les filles du pays et dansé aussi sur le quai de la gare, au son de la mandoline, par un couple attardé, devant le gendarme de service qui sourit. Gestes élégants, gestes caressants, grâce ondoyante et voluptueuse. Dans le train qui m'emporte, puis dans la voiture que je prends à Hendaye, tout cela me poursuit, ondule et se cabre devant moi.

La nuit est sombre. C'est à tâtons que je regagne ma tourelle. M'y voici. J'ai allumé. Dehors la mer fait rage. Des paquets d'eau s'écrasent avec fracas sur les pierres au-dessous de moi. J'ouvre la fenêtre et, ma lampe à la main, je regarde.

D'abord je ne distingue rien, qu'une immensité noire, un gouffre d'eau. Mais le champ restreint que j'éclaire m'apparaît bientôt. Il m'apparaît encore vague, sinistre et mystérieux. Des voix de colère et de fureur s'enflent dans l'obscurité, et je crains, tant cela est troublant, que ma lampe ne m'échappe des mains. L'eau a atteint les premières marches de ma tourelle, et des lames s'escaladent l'une l'autre, comme des enfants jouent à saute-mouton. La lueur qui tombe sur elles les effleure au passage. Elles arrivent impétueuses, emplissent la petite cour où donnent des cabines de bain, s'y étalent avec bruit, bouillonnent un instant, se taisent, suivies d'autres que d'autres suivent à leur tour interminablement. Quel génie inconnu et terrible les pousse, les fait d'un jet puissant envahir ma demeure, pour s'en retourner brisées et mortes après ce travail acharné et vain? Jamais la marée n'a été si haute. Jamais la colère des choses n'a grondé si fort autour de moi. Dans cette nuit profonde, ce que je découvre et surtout ce que je ne découvre pas m'impressionne si fort que j'en ai la racine des cheveux sensible. C'est effrayant et c'est tragique. C'est tragique et c'est aussi comique un peu, par le détail de cette lampe bourgeoise tenue d'un bras peureux au-dessus de ce déchaînement de forces aveugles et formidables.

V

Aubade.

Le lendemain, à sept heures, comme je viens de m'éveiller, je perçois de menus bruits autour de ma tourelle. Bruits de pas. Bruits de voix. On s'installe sous ma fenêtre avec mille précautions. Et on chuchote :

— Non, pas là. Ici on sera mieux.

— Pas si fort. Tu vas l'éveiller.

— Oh! il dort encore! A cette heure-ci!... Ici la voix de Dizé commande :

— Déposez vos instruments. Là. Attention!... Je commence.

— Non, dit Samuel, un peu de musique d'abord!

— C'est vrai. Attention!... Vous y êtes?...

Un peu de musique d'abord!...

— Une, deux, trois.

Sur ce, grand charivari de casseroles remuées et de tambours battus. M\u1dᵉˢ Tototes et Samuel me donnent une aubade. C'est si jeune, si gamin, si gentiment espiègle que j'en souris dans la pénombre de ma chambre. Quel événement pour ce petit monde! Insomnie, réveil matinal, impatience : quelle peine dépensée pour réaliser ce beau projet. Ici M\u1dᵉ Dizé dit :

— Arrêtez la musique. On obéit. Et sa petite voix claire monte à moi :

A ta fenêtre,
Daigne apparaître,
Brave ton maître,
Ton Bartholo.

Vois, la nuit brille,
Le ciel scintille,
Viens, ma gentille,
Viens au Prado.

Le couplet fini, elle crie :

— Musique!

Et le charivari recommence. Je n'ai pas bougé. Je n'ai pas besoin d'ouvrir les volets pour voir le tableau : l'eau s'est retirée. L'étendue des sables gris sèche au soleil naissant. Et mon petit monde est là, installé sur les marches de la tourelle, à la fois rieur et inquiet, dans l'attente de ce qui va se passer.

— Il faut prendre garde, dit Totote. Il

pourrait bien nous jeter un verre d'eau sur la tête.

Il se fait un remue-ménage. On change de place. On parle à voix basse. Sans doute on prépare quelque chose de neuf. Mlle Dizé ordonne :

— Encore un peu de musique, allez !

Nouveau charivari. Ça manque un peu de variété. Les casseroles font fureur, et le tambour est battu avec frénésie. Après quelques minutes de ce beau tapage, on se fatigue, on fait silence pour aviser, on se recueille. Comme nulle réponse ne vient, c'est le désarroi. On a tout prévu, sauf cela.

— Il faut qu'il ait un rude sommeil, déclare Samuel.

— Moi, je l'ai entendu tousser, affirme Dizé.

Totote, elle, demeure prudente.

— Méfiez-vous, il prépare quelque chose.

— Allons, reprend Dizé, encore un couplet.

Et elle entonne par devoir :

> A ta fenêtre
> Daigne apparaître...

Mais sa voix se nuance d'impatience. Je la sens frémir. La plaisanterie ne lui paraît plus drôle. Aussi s'interrompt-elle brusquement pour me crier :

— Oh ! vous nous entendez très bien. Mais vous le faites exprès de ne pas répondre. Ça n'est pas très spirituel, ça, monsieur !...

Elle ajoute :

— Allons, venez, vous autres.

Et j'entends mon petit monde qui s'en retourne vexé.

VI

La fête de Fontarabie.

Quelques heures plus tard, sur la Bidassoa que sillonne la flottille des barques. C'est dimanche, et c'est la fête de Fontarabie. On est venu de Bayonne, de Biarritz, de Guétary, de Saint-Jean-de-Luz, pour y assister. Les bateliers sont en joie, car la journée sera bonne. Un ciel bleu. Du soleil. Des toilettes, des ombrelles : c'est un papillonnement de couleurs sur l'eau luisante et tiède de la rivière. On dirait une jonchée de confettis.

Et Fontarabie ressuscite. Sa vieille rue, tirée de son silence et de son oubli, arbore des tentures rouges qui pendent des balcons. Des gens partout, à toutes les ouvertures. Un peu de fièvre anime ce lieu et contraste avec lui. Une fièvre de réunion mondaine. Des groupes s'abordent. On se salue. On se connaît. On est chez soi. Des bruits de parlotes s'élèvent, se croisent, se confondent, dominés par des coups de fusil qui partent à chaque instant. Pétarade belliqueuse des armes à feu. La vieille Espagne dépense sa poudre et semble convier le ciel à ses réjouissances. Voici des alguazils qui font évacuer la foule, et la rue se vide comme par enchantement. Alors une procession se forme. Des musiciens coiffés du béret rouge la précèdent. Une allègre fanfare retentit. On va chercher le clergé à l'église et on le conduit à la maison du peuple. Magie de la musique ! Les sonorités des cuivres animent toutes ces ruines. L'antique église semble, de toutes ses pierres dorées de soleil, participer à la fête. L'air s'électrise. Les coups de fusil ne cessent pas. C'est joyeux, ardent et farouche. Et c'est curieux aussi par la réunion de tant d'éléments contraires, toute une vie bariolée et bruyante dans cette cité d'oubli, un singulier mélange de tradition et de modernisme, la vieille croyance qui passe dans l'atmosphère artificielle de ce public élégant, et cette procession pieuse parmi ces détonations qui parlent de mort et de massacre. Toute la sauvagerie des anciens âges est là. Un sentiment cruel se lève de ce sol et domine ce peuple. L'idée de mort est associée à toutes ces réjouissances. Et la mort ici fait partie de la fête. Dans la ville, au soleil, des chevaux caracolent, qui usent, sans le savoir, leurs derniers instants. Tout à l'heure, perdant leur sang et leur vie, échoués sur le sable de la *plaza de toros*, au trépignement de milliers d'êtres, un homme vêtu de rouge les achèvera.

Il est devenu banal de s'apitoyer sur la mort du cheval, et la plupart des Français et surtout des Françaises qui reviennent d'Espagne vous disent : « Qu'on tue le taureau, soit ! Il se défend. Mais les pauvres chevaux, c'est horrible. » Pourtant la volupté du spectacle l'exige. Le taureau doit au cheval son plus beau geste. Traqué, forcé par ses adversaires, il s'essouffle, il piétine, il donne de la corne à tort et à travers, il est lourd et maladroit. Mais son heurt avec le cheval est magnifique. Il apparaît là dans sa beauté brutale, dans la violence de son instinct et la puissance meurtrière de sa force.

Le voici. On vient d'ouvrir le toril, et la lumière l'éblouit. Cependant il court droit devant lui, il ne sait où, d'un élan impétueux et superbe. Tout fuit à son approche, et c'est une débandade de petits bonshommes verts, bleus, jaunes ou rouges, qui se ressaisissent derrière lui. Il arrive près de la barrière et s'arrête, après une glissade de quelques mètres, les jambes raidies, sur le sable. Alors il renifle et regarde. Une masse se dresse, à droite : un cavalier l'in-

vite de sa lance, pendant qu'à gauche des capes rouges l'attirent. Il semble se recueillir et se dire : « Voyons, par qui vais-je commencer ? » Les capes rouges présentent peu de surface et bougent et fuient. C'est un jeu de moucherons. L'adversaire à cheval est plus digne de lui. Il bondit. C'est le heurt.

D'abord on ne distingue rien qu'une chose confuse et désordonnée, quelque chose comme un animal monstrueux qui aurait deux têtes et huit pattes, et sur lequel serait juché un homme bardé de fer. Cela se sépare. Le cheval, soulevé à un mètre de terre, retombe. Il a un trou au poitrail, d'où coule un ruisseau de sang, et sa peau pend, déchirée, comme une toile de décor derrière laquelle il n'y a rien. Surtout les chevaux blancs donnent cette impression, bêtes si maigres qu'elle semblent vidés, en effet, et dont le sang vous étonne. Cependant le taureau s'est éloigné. Il ne s'acharne pas sur une victime. Il est fier et court à d'autres adversaires.

Au milieu du tumulte et du délire de tout un peuple de spectateurs passionnés, j'assiste à la course qui suit la procession. Dans l'espace rond de l'arène, sous l'ardent soleil, le taureau s'affole. Un picadore est tombé. Des cris d'effroi sont partis de la foule. Il s'est relevé, et on applaudit. Deux chevaux sont hors de combat. L'un a la cheville cassée, et, le pied retourné, il marche sur son os. Le public manifeste pour qu'on l'abatte. Il continue de sa marche affreuse. L'autre ne peut plus se relever. Les valets d'écurie le frappent à tour de bras. Il remue seulement la tête ; son corps demeure inerte. Alors, le mors et la bride enlevés, un des valets maintient sa tête sur le sable, pendant qu'un autre lui plante une sorte de clou dans la cervelle. L'animal frémit. Ses pattes se raidissent, agitées d'un court tremblement. La bouche s'ouvre, découvrant de longues dents jaunes. Et c'est fini.

A ce moment, une fanfare qui retentit ordonne le départ des picadores. La foule proteste. Les chevaux s'en vont. C'est la pose des banderilles. Le jeu est gracieux. Les ors des costumes brillent sous le soleil. Un élan vers le taureau, un saut de côté : c'est fait. Et la bête exaspérée cherche vainement à s'extirper ces harpons plantés dans sa chair. Des capes dansent sous ses yeux. Il bondit, donne de la corne et trouve le vide. La candeur du taureau est singulière. Il manque, si l'on peut dire ainsi, de suite dans les idées. Une cape l'invite à gauche, il y va. Une cape l'appelle à droite, il y va. Attiré de tous côtés, il éparpille son effort et s'épuise. Sa défaite vient de là. S'il choisissait son homme et ne le quittait plus, en cinq minutes il serait maître du lieu.

Un nouveau coup de fanfare, et voici Reverte. Il est jeune, bien pris, et, nu-tête, s'avance en souriant. Il tient l'épée qui donnera la mort et le lambeau d'étoffe rouge qui trompera la bête. Sans bouger de place, par ce chiffon rouge il la fait bondir autour de lui, achève de la fatiguer, lui fait lever, baisser la tête, choisit son moment, et, minute décisive, tire son épée, vise. La bête a fait un mouvement. C'est manqué.

Reverte sourit toujours sous les injures dont le public l'accable. L'épée s'est à demi enfoncée dans le dos du taureau. Il est averti désormais et se méfiera. L'action devient plus périlleuse. Reverte, avec adresse, saisit l'arme par la poignée, la retire sanglante et l'essuie dans un pli du lambeau rouge où elle disparaît. Et le jeu recommence. J'admire le sang-froid de l'homme qui, parmi cette foule irritée, seul, dans cette atmosphère d'orage, demeure impassible et maître de soi. Infatigable, le chif-

fon rouge se déploie, flotte, ondule, s'arrête soudain, offre une surface immobile à la colère de l'ennemi. Celui-ci hésite. Cette chose qui ne bouge plus là, devant lui, n'a pas de corps. C'est une chose inconsistante et légère qui fuira sous sa corne. Il semble mesurer ses forces et chercher à déjouer les finesses dont il se sent obscurément la dupe. L'étoffe remue, frétille sur le sol. Il la suit du regard. Il semble fasciné par elle. C'est une ruse. Tout à l'heure il va bondir. Cependant l'épée luit. Nouvel éclair. Un geste, une feinte. Et la foule, prête à huer, applaudit avec fureur, car l'arme s'est enfoncée entre les deux épaules, jusqu'à la garde.

C'est fini. Le taureau oscille un instant, veut aspirer l'air, étouffe, et tombe sur le côté, comme une masse. Alors, pendant que les valets d'écurie l'entourent et l'achèvent, parmi les objets qui tombent dans l'arène aux pieds du vainqueur, un chapeau claque fait rire. Il est comique. Il part fermé, franchit l'air, tombe sur le sol et se redresse comme un diable. Il était plat en touchant le sable; il déploie maintenant sa forme cylindrique. Reverte, au hasard, le renvoie à la foule. Celle-ci, égayée, le lui relance. Cela devient un amusement. Le chapeau part fermé et revient ouvert. Mais la plaisanterie n'est pas du goût du propriétaire, qui, en habit, dans une loge, au-dessus du toril, se démène. Je le vois escalader les gradins, venir jusqu'à la barrière, qu'il veut enjamber. Là, un agent de police s'interpose, et l'homme, après avoir parlementé vainement, doit battre en retraite. Toute l'attention est portée sur lui. Son désespoir fait la joie générale. C'est l'intermède inattendu, l'incident de l'entr'acte au cirque, l'emploi d'Auguste tenu sérieusement par un monsieur qui n'a pas été payé pour ça, ce qui n'en est que plus drôle. Or, le plus curieux de l'affaire, c'est qu'arrivé dans sa loge il y retrouve son chapeau qui, au milieu de dix mille personnes, par miracle, tranquillement, avait regagné sa place tout seul.

A présent une allègre sonorité de fanfare préside au départ du taureau, que traînent trois mules harnachées de jaune et de rouge et pourvues de grelots. Ce départ est triomphal. Le sable vole en poussière sur le passage de la lourde bête, et les mules galopent joyeusement dans un tintement de grelots et des claquements de fouets.

Le propre de ce spectacle est de vous composer une âme mobile et qui ne s'appartient pas. Les impressions se succèdent si rapidement que la raison ne peut les contrôler. L'attention est sans cesse en éveil, requise à la fois de tous côtés. On n'a pas le temps de se ressaisir. On est plongé dans du bruit, dans le désordre de sentiments d'une foule en délire. De chaudes effluves vous pénètrent. Bientôt on participe à la fièvre ambiante. Les soies, les ors, les formes, les couleurs, le danger, l'agonie des bêtes et le soleil ardent qui tombe sur ces choses, tout cela peu à peu agit sur vous d'une façon magnétique. Vous vous sentez cruel avec délices, et la barbarie de ces jeux vous est douce. Plus tard, rendu à votre sensibilité, vous ferez des réserves, ou bien vous tenterez d'expliquer, au nom de la beauté plastique, l'attrait que vous avez subi. En attendant, vous assistez, avec une férocité sereine, à cette lutte de l'instinct primitif

Une cape l'invite à gauche.... (p. 62.)

contre l'adresse, à ces heurts de bêtes, à ces éventrements, à cette mort.

Certains tempéraments même se mirent dans ce spectacle. Ce qu'ils sentent en soi de puissances indisciplinées, d'énergies obscures, de bravoure physique, est dans l'élan de ce taureau qui fonce. Par contre, ce que la vie leur a insufflé de calcul et d'artifice est dans l'habileté de l'adversaire. Le conflit de ces forces contraires éclate ici magnifiquement. Sursauts intérieurs des âmes violentes, tout ce que l'éducation endigue, emprisonne, tout ce qui bout, la fougue aveugle, la colère, la haine sont là. Et c'est l'éternelle histoire de la passion vaincue avec grâce par de la jolie traîtrise.

Pour ma part, le geste si prompt de tuer le taureau me laisse toujours comme un étonnement. Cela se fait si vite qu'on n'a le temps de rien voir et que je suis tenté de croire à une supercherie. Est-ce ce décor de cirque, évocateur d'acrobaties ? J'ai toujours, à cette minute, la même impression exempte de gravité. L'émotion du combat cesse ici brusquement, et l'issue à la fois trop prévue et trop soudaine me désenchante et me déçoit.

Aussi quand le second taureau franchit les portes du toril, pourrais-je croire un instant que c'est le même qui revient. Même poil, mêmes cornes courtes et aiguës, même impétuosité, même glissade sur le sable. Il ne s'arrête qu'à la barrière dont le bois vole en éclats. Puis il se retourne et bondit sur le premier cheval qu'il rencontre. C'est celui qui fut troué au poitrail tout à l'heure. Entre les deux courses on a recousu sa peau, après avoir bourré de son sa blessure. C'est au poitrail encore qu'il est atteint, et le son s'échappe de ce nouveau trou. Poupée qui se vide. Toujours cette apparence de supercherie. N'est-on pas dupe, ici, d'un artifice ?

N'est-on pas, comme au théâtre, prévenu que le cadre est factice et l'action simulée, que « cela n'est pas arrivé » ? Par un sentiment bizarre et vite évanoui, la bête, qu'on sait être une vraie bête, qu'on voit tomber et se débattre dans la douleur, vous apparaît une seconde comme un automate perfectionné qu'animerait un truc secret, et destiné, le tour joué, à retourner dormir au magasin d'accessoires.

Mais l'attention, déjà, est attirée ailleurs. Un picadore désarçonné est tombé sur la tête. Il ne bouge plus, et il faut le transporter hors de l'arène pendant que sa monture galope affolée, balançant entre ses jambes un lourd paquet d'entrailles. Deux et trois autres, bientôt, sont couchées sur le sable, expirantes. Seul, le cheval au pied cassé, qui marche sur son os, n'est pas atteint. Et jusqu'à la sixième course il ira, de sa marche boiteuse et pénible à voir, s'offrir au taureau, qui ne voudra pas de lui.

Il ne demande qu'à mourir, pourtant, le pauvre estropié. Un coup de corne abrégerait son supplice. Il faut voir comme il attend, résigné, le geste qui le délivrera. Le bandeau qui couvre ses yeux a dévié. Un œil est libre. Il s'ouvre sur cette étendue de sable, sur la houle du public, sur l'ennemi fougueux dont le mufle s'approche et qui repart comme s'il ne daignait même pas lui faire grâce de la mort. Par quelle fatalité est-il sans cesse épargné ? Le sabot retourné pend lamentablement à un morceau de chair, et, chaque fois qu'il lève la jambe, il secoue cette chose inerte qui ne se détache pas. Il va, il va. Un tressaillement agite, au repos, son flanc décharné. Un de ses frères est mort de peur, oui, mort de peur, foudroyé net à l'approche du taureau. Il souhaite sans doute une fin semblable. Mais, pour mourir de peur, il faut aimer la vie !

Un frémissement dans la foule. Reverte, jouant avec le taureau, lui a montré le dos et a mis, par bravade, un genou à terre. La tête retournée, il le suit du coin de l'œil, pourtant, prêt à l'esquiver quand il bondira. Comme il ne bouge pas, l'homme, enhardi, met l'autre genou. A ce moment, le taureau fonce ; Reverte veut fuir, fait un faux pas et, aussitôt, se sentant perdu, s'aplatit sur le ventre, pour offrir à la corne le moins de surface possible. Et il était perdu, en effet, si son camarade Bonbita, par quelques jeux savants de cape, n'avait attiré d'un autre côté la fureur de l'ennemi.

Ce taureau appartenait à Bonbita, qui, le moment venu, l'estoque lestement avec des gestes de danseur et des grâces de clown. L'épée a disparu dans le corps de l'animal, et celui-ci reste debout. On va siffler. Bonbita fait signe qu'il a son compte. C'est vrai. Il titube, fait quelques pas lourdement. Il semble convenir qu'il a son compte et dire : « Du moins je me suis défendu vaillamment. » Puis il s'agenouille, pose son mufle sur le sable, tristement, si tristement ! et se relève. Quelques pas encore, et il retombe toujours agenouillé, cherchant une place pour poser sa tête. Et c'est presque humain, cette agonie. D'un dernier effort il parvient à se redresser. Il va vers la barrière, comme pour céder la place à son adversaire, et se dirige d'instinct vers la partie de l'arène où commence l'ombre. Les banderilles dont on l'a criblé tressautent sur son dos ; le soleil avive une dernière fois le sang de ses blessures. Le voici au seuil de la région éteinte. Là, il semble dire adieu à la lumière, au combat, à la vie. Et Bonbita qui l'accompagne le poing sur la hanche, le coude contre sa corne, un peu théâtral d'allure, attend qu'il s'abatte enfin, pose le pied sur lui et le regarde mourir, vainqueur.

Et plus tard, la course finie, dans Fontarabie qu'illuminent les derniers feux de la journée, dans la vieille rue où la foule se répand et coule comme un fleuve, c'est un bavardage du public français, des gens venus de Biarritz et des plages à la mode, et dont beaucoup ont vu ce spectacle pour la première fois ; c'est un échange d'impressions, toujours les mêmes, où dominent des voix féminines : « C'est affreux, ces pauvres chevaux. — Moi, je trouve ça répugnant. — Comprenez-vous le plaisir que trouve mon mari à ces jeux cruels ? »

Près de moi, dans la barque qui me ramène à Hendaye, quelqu'un cite le fait de ce colonel de cuirassiers français qui, à Lisbonne, fit le pari de descendre dans l'arène, de prendre le taureau par les cornes et de le renverser, pari qu'il tint séance tenante aux applaudissements de l'assistance. Un autre raconte la mort d'Espartero, tué d'un coup de corne, à Madrid. De là on parle de taureaux « collants », de ceux qui choisissent leur adversaire et ne le quittent plus. La conversation devient générale entre gens qui ne se connaissent pas et qui s'empilent dans cette barque. Et j'ai retenu l'anecdote suivante, qui m'a frappé par sa dramatique simplicité.

Dans d'immenses parcs appartenant au duc de la Véragua, sont élevés à l'état sauvage des taureaux destinés aux courses et réputés pour leur férocité. Un homme, longeant à cheval la limite d'un de ces parcs, s'amusa, un jour, à frapper de son bâton les cornes d'un taureau qu'une barrière séparait de lui. Ce dernier, furieux, se mit à courir, et l'homme, satisfait de sa plaisanterie, le regardait s'éloigner, quand, arrivé à une certaine distance, l'animal se retourna, revint vers la barrière et, emporté par son élan, réussit à la franchir. Alors l'homme perdant la tête, éperonna son cheval. Le cheval, sentant le danger, galopa d'abord, puis s'arrêta, paralysé par la peur. L'homme se laissa glisser à terre et se mit à fuir à toutes jambes. Il sentait derrière lui souffler l'ennemi. La bête gagnait du terrain.

Il se tenait accroché au poteau...

L'homme regarda, éperdu, de tous côtés, vit un poteau télégraphique et y grimpa. Une fois au faîte, en sûreté pour un instant, il se mit à pousser des cris pour attirer l'at-

tention de cavaliers qui passaient dans la campagne. Pendant ce temps le taureau, arrivé au pied du poteau, tentait de le déraciner. Mais l'obstacle manquait de surface. Il le comprit, ne s'y acharna pas, et, comme l'eût fait un être doué de raison, il se mit à attendre.

Les cavaliers étaient trop éloignés pour percevoir les cris de l'homme. Ils s'éloignèrent davantage, ne furent plus qu'un point négligeable dans la campagne nue. Quelques instants s'écoulèrent, tragiques. L'homme sentit ses forces décroître. Il se tenait accroché au poteau de toute la force de ses muscles. Ses muscles défaillirent, et son étreinte se relâcha. Il se sentit glisser, fit pour se retenir un suprême effort. En bas, le taureau attendait. Encore quelques secondes. L'angoisse de l'homme dut dépasser en horreur tout ce qu'on peut se représenter. Il glissa de nouveau, se retint, glissa encore. Et j'imagine qu'il devait être à demi mort en arrivant à terre au moment où le taureau l'acheva.

VII

Véra.

Je me serais reproché d'avoir quitté le pays basque sans avoir vu Véra. C'est un petit village espagnol perdu dans la chaîne des Pyrénées. Comme un objet précieux jeté au fond d'une coupe, il repose dans le creux naturel que forment, à leur base, des monts entre-croisés. Pour s'y rendre, c'est assez compliqué, car nombreuses sont les formalités qu'entraîne le passage d'une voiture sur la route espagnole. De loin en loin, un carabinier, fusil au poing, vous intime l'ordre de vous arrêter. Il faut acquitter un droit de péage. Et, à la porte de Véra, vous devez descendre chez le receveur qui, derrière son bureau, vous interroge comme un juge. Il est grand, très barbu, avec des yeux d'Oriental. Si vous ne parlez pas espagnol et si vous avez l'esprit enclin à la gaîté, la scène ne vous apparaît pas dénuée de comique. Cela peut devenir, même du vaudeville par les malentendus qui naissent et la pantomime à laquelle on doit se livrer des deux côtés pour se faire comprendre. Le receveur inscrit sur un registre des indications interminables : vos nom, prénoms, qualités, les noms et adresse du cocher, le nom des chevaux, leur âge, leur taille, leur sexe. Après quoi il vous délivre un laissez-passer que vous payez sept pesetas. Et vous pouvez enfin franchir le seuil de Véra.

Il faut renoncer à décrire ce vieux village. Les lignes qu'on en pourrait retracer ne feraient pas naître chez le lecteur le sentiment grave et en même temps rêveur qu'il inspire. Il est apaisant. Il vous pénètre l'âme par un charme qui semble venir de très loin, au delà des objets visibles. Il ouvre en vous comme une multitude de petites portes, et des choses qui dormaient dans l'ombre y sont, par la lumière, tirées de leur sommeil. Le pas se fait léger sur ses dalles. Il semble qu'insensiblement une force élastique et sûre vous caresse et vous transporte. Et ce que l'on éprouve, à la fois doux et complet, ne se saurait traduire.

Ce n'est pourtant qu'un ensemble de vieilles maisons très simples. Or, à vouloir faire tenir cela dans des mots, je sens que toute la grâce s'en échappe. Elle fuit sous la plume comme fuit, entre les doigts, l'air qu'on voudrait étreindre, l'eau qu'on voudrait saisir. C'est fluide et imprenable. Les formes apparentes ne sont rien. C'est leur expression qui les transfigure. Comment dire, par exemple, l'adorable poésie de deux petits saules qui pleurent sur une vieille fontaine, tout contre un mur d'où tombe une marge d'ombre? La tristesse de ces deux petits arbres sur cette fontaine, l'atmosphère qui les baigne, le soleil, le mur, la marge d'ombre : autant d'inexprimables choses!...

Aussi n'essaierai-je pas de peindre la beauté de ce coin du monde où vivent des êtres qui sont nés là, y mourront, qui n'ont rien vu d'autre et qu'aucun rêve ne tourmente, de même que je me résigne à ne rendre ici ni la paix, ni le silence, ni la merveilleuse mélancolie en ce lieu où, dans l'ardeur de midi, les maisons semblent mortes, les vieilles maisons toutes ridées, aux fenêtres closes, derrière lesquelles pourtant s'agitent des existences. Avec cela, la couleur des pierres est chose que seuls les villages méridionaux offrent aux yeux du voyageur, nuance si particulière qui tient de la rouille, ton à la fois éteint et chaud, et qui, dirait-on, rayonne tout alentour.

Il y a là des murs qu'on regarde avec recueillement, et qu'on écoute aussi, comme on écoute certains vieillards quand ils se racontent. Véra est plein d'ouvertures subites, imprévues, couloirs de ruelles, fuites vers l'horizon, échappées vers de l'espace. De tous côtés à la fois, entre chaque maison, par cette baie, par ce vide, par cette fente, la nature magnifique reparaît, vous sourit, atteste qu'elle est là, s'impose à l'attention. Et il y a surtout un plateau devant l'église, un carré d'herbe, une sorte de terrasse qui domine la place et où l'on découvre le panorama des montagnes, tout un paysage prodigieux de reliefs et d'accidents. Cette terrasse est bordée d'un parapet où l'on s'accoude. Et l'on songe. Les vieilles choses, les vieilles demeures, tout ce qui a longtemps enfermé de la vie, tout ce qui en a reçu le contact, jette dans l'âme de l'homme le même sentiment de rêverie. Flacons vides encore imprégnés de l'odeur qu'ils continrent! On y respire le passé; on y évoque ce qui n'est plus. Ici, ailleurs, partout, l'impression est la même. Grandes salles du château de Jeanne la Folle! Voitures paralysées d'Hendaye! Murs de Véra! Les gens qui se sont assis sur ce parapet, les jambes pendantes, je les vois. Des pères, des fils, des amoureux, des fiancés. Que de promesses s'y sont faites! Que d'allégresses, que de résignations s'y sont penchées! Et combien d'étrangers, de curieux ont eu, à cette même place, cette même songerie! De tous les gens qui, depuis des siècles, se sont appuyés sur elles, ces pierres ont gardé comme une chaleur vivante. Alors, d'où vient que, loin de constater mon passage éphémère dans ce décor durable de la nature, j'ai conscience d'être très vieux, comme ces montagnes, vieux comme les pierres de ce village. Je songe que j'étais en germe dans mon premier ancêtre, que j'ai vécu dans tous les êtres de ma race, que j'en suis le prolongement pour une destinée que j'ignore et qui, peut-être, ira de moi à d'autres êtres en qui je revivrai. A ce moment, comme je me suis retourné machinalement, des lézards qui dormaient près de moi, sur les marches ensoleillées d'un escalier, s'enfuient en frétillant. Quelle indication de paix, de silence et de solitude donne au passant la sécurité d'un lézard! Une ombre suffit à troubler cet animal timide et fier. A présent, à chaque fissure, une petite tête fine apparaît qui m'interroge d'un œil prudent et malicieux. Ainsi les marches de l'escalier semblent tressaillir de vie.

La porte de l'église est close. Mais, par une partie ajourée, mon regard plonge à l'intérieur. Éclat éteint de l'autel doré, galerie de bois, pénombre et mystère. C'est dans ces vieilles églises que se manifeste la force des religions, et l'incroyant n'a pas envie de sourire devant la trace muette laissée sur ces bancs par des siècles de foi. En ce pays basque surtout, si fidèle à ses traditions, l'église est l'âme du village et sa note dominante. C'est là qu'il faut chercher le secret du caractère d'immuabilité dont on est frappé sur le sol et la clé des impressions profondes qu'il vous donne. Aussi ne comptais-je pas quitter Véra sans entrer dans ce lieu. Porte close. Prestige des choses entrevues et devinées! Il me faut bien dire que cela avait son charme. Le bedeau ne devait pas être bien loin. Pour quelques sous il m'eût ouvert. J'avoue que j'ai préféré ne pas me mettre en quête de lui et que la réalité, par suite, n'a pu déranger ni réduire ce que j'ai imaginé au seuil de cette église.

VIII

Retour.

Et voici la fin de cette promenade ensoleillée. Quelques heures de chemin de fer ont mis des distances entre moi et ce pays au charme singulier. La Bidassoa, la rive espagnole, Fontarabie, Hendaye et la ligne des montagnes bleues, tout cela est loin. Je n'ai plus, comme horizon, que de blanches façades et des toits. Éteints les bruits qui complétaient le paysage, chansons d'insectes, heurts de feuilles, rumeur de la mer, assaut des vagues sous ma fenêtre, vent qui passe. Comme bruit, je n'ai que celui des voitures qui cahotent sur le pavé de la rue. Et je regarde ma page où j'aurais voulu faire revivre tant de rêveries et tant d'émotions. Comment

rendre par des mots assez subtils et ingé-
nieusement assemblés tout ce qui me trans-
porta d'allégresse? Comment verser en des
paroles froides tout ce qui me faisait chaud
à l'âme ? Les mots m'apparaissent inertes.
Je voudrais les rendre palpitants. Je voudrais dire la magie de certaines heures où
il ne s'est rien passé, l'enchantement de
certains éclairages, le langage du silence et
la griserie de l'espace. Je voudrais être clair,
être profond, être compris. Je voudrais
trouver des nuances fuyantes par lesquelles
a mobilité de mes sensations serait traduite
ici. Mais elles sont comme ces ailes de pa-
pillons qui chatoient dans l'air et ne nous
laissent aux doigts, quand on les saisit
qu'une sorte de cendre incolore. Éveils
d'oiseaux, vallées aux brouillards lumineux
gaze brillante des matins, tournants de
routes, petites mares pensives, attelages
lents des bœufs, avec le geste auguste du
conducteur, dos courbés de laboureurs,
comment restituer cela, comment dire?...

Je dois me résigner. Et je le fais en songeant que d'autres, meilleurs peintres, sans
doute, passeront par là et fixeront en des
images définitives ce que je n'ai fait ici
qu'indiquer.

Ame féminine

Pourquoi Serge ne put-il réprimer un subit tressaillement lorsque Mme de Lobières, qui était venue le mettre à contribution d'un autographe pour sa vente de charité lui dit en partant, avec sa brusquerie aimable :

— Ce n'est pas tout ; vous nous ferez bien la grâce d'être commissaire. Il nous faut des hommes célèbres comme vous pour assister les dames vendeuses. Que la jolie Mme de Moncerre daigne quêter au bras du poète Serge Moret, et voilà notre œuvre assurée d'une belle recette.

— Mme de Moncerre ? s'écria-t-il. Elle est donc de retour ?

— Ne le saviez-vous pas ? Depuis une semaine. Si vous étiez venu hier chez les d'Estaing, vous l'y auriez rencontrée avec sa mère.

Pourquoi une étreinte douloureuse comprima-t-elle son cœur qu'il sentit battre plus vite dans sa poitrine ? Pourquoi, tout en reconduisant Mme de Lobières, son sourire avait-il quelque chose de contraint, et la main qu'il lui tendit tremblait-elle un peu, signes d'une vive émotion que ne parvenait pas à dissimuler sa correction mondaine ? Dès qu'il fut seul, il se promen agité dans son cabinet de travail, dans ce décor paisible où, sur la table, le buvard gardait toute fraîche l'empreinte du sonnet qu'il venait d'écrire, où, dans un cendrier se consumait une cigarette dont le mince fil de fumée montait en tournoyant. Et il parla tout haut :

— Ah ! elle est de retour ! Ah ! nous allons nous revoir !

En même temps, surgie de ses souvenirs, il la retrouvait devant lui, assise dans ce fauteuil que venait de quitter sa visiteuse, assise nonchalamment, toute petite, en une élégante robe qui faisait à merveille ressortir son teint clair de blonde. Elle était là, avec sa grâce fragile, un charme de douceur qui n'était qu'à elle, et l'expression rêveuse de ses yeux d'un joli gris bleuté, cette profondeur de rêverie où il se perdait quand il tentait de la comprendre. Serge l'entendait encore qui lui disait de sa petite voix lasse : — « Mon ami, je ne reste que dix minutes, pas plus... tant de courses à faire, si vous saviez ! Allons, donnez-moi du courage. » — Il prenait un tabouret, s'asseyait près d'elle ; et les minutes coulaient si vite ainsi qu'il n'avait aucune notion de leur durée, minutes délicieuses où il se montrait ingénument amoureux, lui le fier poète à figure de sage, presque un vieil homme déjà avec les fines rides qui couraient sur son front, avec les cheveux d'argent qui parsemaient ses tempes.

Ah ! coquette ! coquette ! l'avait-elle été assez depuis le jour où il avait été présenté à elle dans le salon des Jorieu où elle faisait sa première réapparition dans le monde huit mois après la mort de M. de Moncerre, son mari! Il la revoyait, dans la robe mauve de demi-deuil qu'elle portait ce soir-là, toute frêle devant lui, avec sa grâce délicate et jeune, le charme discret de son sourire : elle lui avait paru insignifiante ainsi. Puis il se rappelait une promenade avec elle, au Salon des Artistes français, un jour de vernissage, où elle lui avait dit de si drôles de choses! Et, étape par étape, il refit le chemin de leur camaraderie et de l'intimité qui suivit. Ah! coquette! coquette! et menteuse aussi; car elle lui avait menti quand, certaine de le tenir sous le charme, certaine qu'il s'était laissé prendre comme un jeune homme, elle lui avait dit qu'elle l'aimait, car ses lèvres mentaient quand elle les lui abandonnait; car elle mentait toute, toute, sans but, sans raison, pour la joie de mentir, de mentir, de mentir... Et Serge, qui s'était laissé choir sur un sofa, revécut dans cette même posture accablée la douloureuse minute qui avait suivi pour lui la surprise de la savoir partie, brusquement partie à Venise avec sa mère, sans le prévenir, sans qu'il sût pourquoi, partie par coup de tête, comme si elle craignait de ne pouvoir lui résister plus longtemps, comme si elle le fuyait, —

une fois de plus menteuse, puisqu'elle ne l'aimait pas, puisque ses lèvres étaient froides quand il les baisait, puisque jamais il ne l'avait sentie frissonnante ou troublée, puisque jamais en ses yeux il n'avait deviné son âme, en ses yeux dont l'expression de songe trompait, comme trompe l'eau qui semble douce et bonne, l'eau frétillante et jolie, qui vous tente, vous attire et vous noie.

— Ah! elle est de retour! répéta-t-il tout haut avec soulagement. Ah! nous allons nous revoir! Eh bien! tant mieux, car il y

*...Un jour de vernissage,
où elle lui avait dit de si
drôles choses!*

a longtemps que ça m'étouffait de me taire!

II

Il était dix heures. Sous l'étincellement des lustres, dans les salons du ministère de l'Intérieur où avait lieu la vente, les derniers objets s'enlevaient aux enchères, tandis que la musique de la garde républicaine faisait entendre ses premiers accords, préludant au concert qui devait terminer la soirée. La recette, en deux jours, venait d'atteindre le chiffre de quarante mille francs, et ce succès inespéré rendait rayonnante Mme de Lobières; on la voyait se prodiguer sans une minute de repos, et les dames vendeuses se prodiguaient aussi, s'employant, une fois leur comptoir vidé, à placer les billets d'une tombola, dont une très curieuse collection d'autographes illustrés constituait l'attrait inédit.

C'était, dans les hautes pièces aux claires boiseries, une telle affluence de monde, que bientôt il devint difficile de circuler parmi les épaules nues et les fracs. Ceux qui avaient réussi à pénétrer dans la salle réservée au concert s'y tenaient étroitement serrés sur des chaises de satin rose; il y avait là de frais minois de jeunes filles qui caquetaient discrètement avec de jolis gestes et de frais sourires; le bruissement de leurs voix, l'égrènement de leurs rires faisaient un murmure chuchotant et adouci; des éventails avaient un doux battement d'ailes; et quand remuaient les nuques blanches on voyait des éclairs fulgurer dans les chevelures de frêle soie.

Bientôt, dans les salons l'affluence grandit encore; on dut, pour faire de la place, reléguer contre les murs les comptoirs inutiles, et déloger les musiciens de la serre où ils étaient installés; le bureau du ministre lui-même se trouva converti en foyer pour les artistes. Ce fut là que Serge vint se réfugier au sortir de l'étouffante cohue où il avait en vain tenté d'apercevoir Mme de Moncerre. Il faisait bon dans cette pièce tranquille dont un valet en grande livrée gardait l'entrée. En petits groupes, des gens causaient, figures connues d'artistes et d'écrivains, et le ministre, un petit vieillard très simple, sans décoration à côté des boutonnières à profusion mouchetées de rouge, donnait des poignées de main, affable et souriant. Serge sur un canapé s'assit, échangeant quelques mots avec un jeune journaliste qui prenait des notes. Mentalement il se répétait : « Elle va venir; je vais la voir; je vais la voir », et il éprouvait à cette idée une pénible angoisse; ses jambes, dont l'une se balançait sur l'autre avec une apparente aisance, il les sentait défaillir; ses mains, qui tenaient son claque, étaient moites sous le gant, et les paumes étaient brûlantes; on aurait pu suivre sur son gilet les palpitations violentes de son cœur; et il se devina très pâle avec une légère sueur aux tempes. Alors, pour qu'on ne s'aperçût pas de son émotion, il hocha la tête d'un air détaché, pendant que parlait le jeune journaliste :

— Avez-vous jeté un coup d'œil à côté, cher maître ? Que dites-vous de ce joli succès ? Voilà qui doit réjouir Mme de Lobières et qui la récompense de son infatigable activité. Car elle est infatigable et prodigieuse. Tenez, tout à l'heure, la petite salle du concert venait d'être envahie, plus un siège disponible, et près des portes des dames debout qui semblaient désolées... Voyant cela, elle eut une idée de génie : elle réclama le silence et annonça que chaque personne assise devrait acquitter un droit de dix francs : c'était raide; eh bien ! il n'y eut pas un murmure; chacun s'exécuta de bonne grâce.

Serge ne l'écoutait plus. Il regardait en face de lui, à l'autre extrémité de la pièce, le valet en grande livrée qui se découpait immobile sur le panneau clair de la porte; deux dames un instant lui masquèrent cette porte; mais elles s'éloignèrent, et le panneau clair reparut. Les yeux de Serge, à cette seconde, virent remuer le bouton qu'une

Il se leva....

main, de l'autre côté, touchait; et il eut la subite, la précise intuition que cette main

était celle de Mᵐᵉ de Moncerre. La surexcitation aiguë des facultés chez certains êtres d'une très grande sensibilité nerveuse

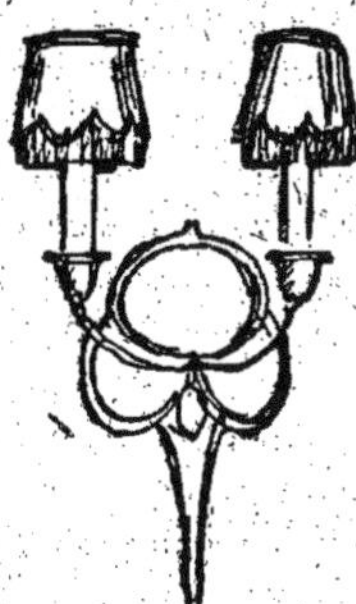

permet de ces surprenantes divinations. La porte s'ouvrit, et Mᵐᵉ de Moncerre, en effet, entra.

Elle entra, toute blanche et toute rose dans une robe de mousseline légère, dans un frisson de dentelles; une aigrette de diamants incendiait ses cheveux blonds, et elle était comme une lumière qui s'avançait. Serge retrouvait à mesure qu'elle s'approchait son teint de fleur, sa démarche souple, et cette fragilité, cette grâce aristocratique de tous ses gestes, qu'il avait aimées en elle. Il se leva. Bien qu'il conservât une apparente assurance, il était de plus en plus troublé, subissant progressivement l'irrésistible séduction que cette exquise créature exerçait autrefois sur lui. Et, pendant qu'il s'inclinait devant elle, très correct en son accueil d'ami respectueux, sa gorge se contractait, et il avait une peur affreuse de ne pouvoir parler.

— Je suis bien heureuse de vous revoir, disait-elle; j'ai tant d'excuses à vous faire! Vous devez m'en vouloir de ne pas vous avoir envoyé de mes nouvelles; mais, voyez-vous, je n'ai écrit à personne, voulant me donner une vacance complète, une liberté de petite fille. C'est si bon pour nos pauvres nerfs malades et nos cervelles de rêveuses, de s'échapper parfois, de s'en aller au soleil et au grand air, et là de ne penser à rien, de ne rien désirer, de se laisser vivre...

Serge sourit.

— Si votre silence a pu inspirer quelques inquiétudes à vos amis, comment ne se dissiperaient-elles pas à la vue des ravissantes couleurs dont vous revenez parée.

Il déplora aussitôt la détestable banalité du compliment, et il mordit sa moustache, pendant que ses mains agitées tournaient son claque. Ce mécontentement et la sorte de gêne qu'il déterminait en lui n'échappèrent pas à M⁰ᵉ de Moncerre, et Serge, qui se sentit deviné, se raidit, tandis que sa figure devenue impénétrable prenait cet air de presque imperceptible hauteur par lequel il cachait d'ordinaire sa timidité demeurée excessive.

— Il fait très chaud, dit-il, ne trouvez-vous pas? Un instant, pris dans cette foule, j'ai failli regretter d'être venu.

Petite et frêle, elle devait, pour le regarder, lever ses prunelles claires qui, à ce moment, exprimèrent, à peine pourtant, un doute et une ironie; il émanait d'elle un charme subtil d'élégance; les plumes de son éventail qu'elle balançait faisaient monter à lui un doux parfum de violette. Il mit les mains derrière le dos, et son torse se développa, robuste, en même temps que s'accentuait le caractère viril et fier de sa tête brune à crinière de fauve. Devant lui, si mâle, cette femme jolie était une toute petite chose, comme une précieuse poupée habillée de dentelles. Mais elle dit de sa petite voix pure et cristalline :

— Vous le regrettez encore ?

Et lui qui voulait être brutal, qui avait aux lèvres ; « Allons! ne me forcez pas à vous dire d'inutiles galanteries, ce jeu est puéril, » répondit avec douceur :

— Je ne le regrette plus.

Il ne trouva rien à ajouter, et le silence fut, une minute. Depuis trois jours qu'il savait la rencontrer à cette soirée, et tout à l'heure encore en s'y rendant, il s'était promis de s'imposer devant elle un air d'indifférence aimable, de souriante politesse, pour bien lui montrer qu'il se portait à merveille, qu'elle se trompait si elle croyait que son absence l'avait fait souffrir. Et voici qu'en sa présence son attitude était tout le contraire de celle qu'il avait voulue. Hélas ! sommes-nous maîtres de diriger les faits et de prévoir les réalités, et savons-nous, quand nous organisons par la pensée le moindre de nos actes, quelle influence nous subirons le moment venu, et si les circonstances toujours changeantes dont s'accompagnera cet acte ne réduiront pas à néant nos inconsistantes combinaisons ? Mais, comme dans ce court temps de silence il faisait intérieurement cette constatation décourageante, il surprit, sur sa figure à elle, une expression plus douce, plus affectueuse, presque attendrie. Pourquoi cet air d'intérêt qu'il lisait dans ses yeux après ce duel muet où elle l'avait vaincu ? Pourquoi, maintenant qu'ils se taisaient, restait-elle encore là, comme si elle sentait qu'ils avaient autre chose à se dire? pourquoi alors ne parlait-elle pas? Il y avait sous ce petit front à blonde couronne un monde de pensées qu'il ne connaissait pas et qu'il voulait connaître, sous ces claires prunelles tout l'univers d'un être qui lui échappait et qu'il voulait saisir. C'est de ne pas savoir, de ne pas comprendre, d'être comme il était au seuil d'un au-delà attirant et infranchi qui fait l'éternelle souffrance des tendres, de ceux qui, trop poètes, ne savent pas se donner à demi, en qui l'amour chasse toute force, toute volonté, et dont les pensées oscillent sous son magnétisme comme l'aiguille d'une boussole. C'est aussi de trop vouloir connaître, de sonder trop loin, de toucher au mystère, au mystère de l'amour comme à tous les mystères, qui fait l'éternelle douleur humaine; car trop penser fait mal.

— Comment va madame votre mère ? dit-il enfin pour rompre le silence. Elle n'est pas venue avec vous ce soir ?

— Non, ma mère, un peu souffrante, a tenu à ne pas sortir.

Il ne dit pas qu'il irait lui rendre visite; elle s'en aperçut, et reprit tout naturellement :

— Vous avez été assez bon pour me prêter les livraisons de cette revue où sont parus vos premiers vers; je savais que vous y teniez beaucoup, et j'en ai pris grand soin. Voulez-vous que je vous les renvoie, ou préférez-vous venir les chercher?

Elle avait insisté sur la dernière proposition, et l'encouragement à venir était si visible qu'il s'en réjouit : « Elle veut me reprendre, pense-t-il, donc elle tient à moi. » En même temps sa vanité un peu puérile se félicita comme d'une victoire de l'avoir amenée où il voulait; le sphinx lui apparaissait moins troublant et l'énigme moins insoluble.

Il répondit, voulant pousser plus loin l'épreuve :

— Quand vous y penserez, vous me les renverrez.

— Comme il vous plaira, dit-elle.

Le concert, cependant, était commencé, et sur la scène, une grande demoiselle maigre chantait, dans un accompagnement de harpe, de vieux chants du dix-huitième siècle. Mme de Lobières à ce moment avisa Serge.

— Je vous cherchais ! s'écria-t-elle.

Il s'inclina, offrit son bras à Mme de Moncerre, à qui un domestique remit un plateau d'argent, et tous deux lentement se dirigèrent vers la salle du concert en continuant leur causerie.

— Travaillez - vous beaucoup ? demanda-t-elle encore.

— Non, je suis très paresseux en ce moment.

— Vous viendrez me voir, dit-elle; je vous raconterai de très jolies légendes que j'ai apprises en voyage.

Il lui sembla que sa petite main gantée de blanc se posait plus douce sur son bras.

Et ils ne dirent plus rien, pendant que des petites pièces d'or tintaient sur le plateau qu'elle présentait avec une grâce souriante, le long des rangées de chaises.

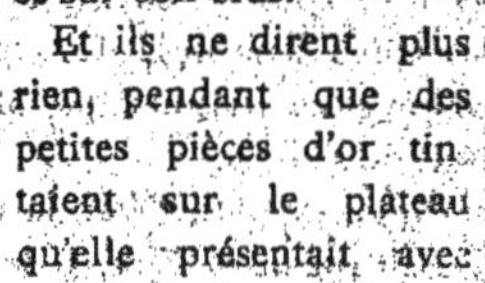

Il la vit, rue de la Paix... (p. 76).

III

Dans une pièce au luxe tout moderne, avec ses tentures de soie claire et ses blanches boiseries d'une joliesse gaie, Mme de Moncerre, en toilette sombre de ville, cachetait quelques lettres pour le courrier quand le domestique annonça Serge.

— Faites entrer, dit-elle.

En même temps, le sourire de ses lèvres disait qu'elle attendait et désirait cette visite ; seulement elle avait espéré qu'il la lui ferait plus tôt. Déjà deux semaines s'étaient écoulées depuis la soirée du ministère, et Serge avait évité jusqu'ici de la revoir. Peut-être s'était-il convaincu qu'en résistant ainsi à l'attirance, en n'allant pas à elle, il l'obligerait à venir à lui : les amoureux qui souffrent ont de ces ruses d'enfant. Toutefois il n'avait pu se défendre de penser à elle, de vivre d'elle durant ces quinze jours qu'il avait mis à épuiser l'effort de sa résistance. Chez lui, elle était présente sans cesse à ses côtés, elle ne le quittait pas, s'asseyait avec lui à la table où il voulait écrire, se penchait sur le livre qu'il s'efforçait de lire, s'accoudait à la fenêtre où il tentait de rêver ; son parfum flottait dans l'air, son reflet errait sur toutes les glaces ; il lui semblait retrouver le doux contact de sa main menue et fine sur les objets qu'elle avait touchés ; et quand le soir venait, dans les coins sombres, les tentures avaient comme des frissons qui lui rappelaient la fuite de sa jupe.

Un après-midi, c'était la veille, comme il passait rue de la Paix, il la vit qui descendait de voiture et entrait chez sa couturière ; il devint très pâle et demeura arrêté, regardant longuement la porte où elle venait de disparaître. A ce moment il comprit qu'il s'efforcerait en vain de résister plus longtemps, et il se dit résolument : « Allons ! j'irai demain. »

Quand il entra, elle le regarda venir, et le devina troublé sous son apparence souriante ; elle lui tendit sa petite main dégantée qu'il porta à ses lèvres.

— Vous venez vous faire gronder, dit-elle.

— Et pourquoi, madame ?

— C'est vrai, poursuivit-elle pendant qu'il s'asseyait, cela vous semble naturel, car c'est la règle commune : on oublie les absents, et quand ils reviennent, on ne va plus les voir.

— Le reproche est injuste, dit-il, mais il me fait trop d'honneur pour que je songe à m'en plaindre.

Elle s'était retournée vers lui, un bras passé au delà du dossier doré de sa chaise, et sa main avait gardé son porte-plume à manche de nacre, dont elle jouait comme d'une minuscule baguette de tambour. Serge, par ce début, trouvait à la conversation une inclinaison propice ; en même temps il sentit qu'il lui faudrait aborder avec délicatesse les choses qu'il avait à dire, les laisser entendre plutôt que de les exprimer, jouer avec des nuances, des demi-mots adroits, d'habiles sous-entendus ; il sentit que ce serait une faute de parler d'amour, de montrer qu'il avait le cœur ulcéré, qu'il souffrait encore, qu'au contraire il lui faudrait paraître fort, ne faire qu'avec une indulgence détachée de discrètes allusions à ses faiblesses d'autrefois. Ainsi seulement il la forcerait à se découvrir, à se dévoiler, il surprendrait dans une expression de physionomie, dans une parole, dans un geste, quel sentiment elle lui cachait encore.

Assis l'un près de l'autre, lui en pleine lumière, elle un peu noyée d'ombre, il se rappela que c'était dans cette même pièce, là, placés comme ils l'étaient à ce moment, qu'elle avait commencé de le séduire tout aux premiers temps de leurs relations, en lui disant si intelligemment un jour ceux de ses vers qu'elle préférait, et pourquoi elle les préférait. Comme elle avait lentement et patiemment fait sa conquête, déployant toute sa coquetterie de femme fine et sûre d'elle-même, la séduction de sa grâce aristocratique, avec la fraîcheur pure de ses rires, le charme candide de ses étonnements, la poésie de ses yeux rêveurs! Puis, voici qu'après une brusque disparition, une absence de six mois, un grand vide, elle lui revenait, se mettait à le reconquérir. Elle devait avoir besoin de respirer l'encens qu'il faisait monter à elle, besoin de ce culte pieux, de cette adoration muette qui la divinisait, comme elle devait être flattée délicieusement en sa féminine vanité de le voir si humble, si dévoué, haletant d'amour, cet homme illustre à qui la vie faisait un chemin fleuri, qui laissait derrière lui un sillage d'admiration, et que tant d'autres femmes devaient aimer. Donc, ils allaient recommencer ce jeu dangereux où il s'était laissé prendre une première fois; il ne s'y refusait pas, ayant aujourd'hui, pour se mieux défendre, les ressources d'une expérience douloureusement acquise. Il avait souffert autrefois du malentendu né de leur façon différente d'aimer, sa façon ardente et passionnée à lui, légère et frivole à elle ; il avait souffert de ne pas pénétrer cette chose capricieuse, changeante et obscure qu'est un cœur de femme, de ne pas s'expliquer les infiniment subtiles raisons qui l'attirent vers vous à cette minute, puis brusquement l'en éloignent; il avait souffert de tâtonner dans l'invisible, de se demander en vain à tous les instants pourquoi il plaisait et déplaisait tour à tour, pourquoi le bonheur auquel il touchait venait de fuir soudain, comme si par là se manifestait à lui cette réalité que, si haut qu'il fût monté, il n'était pas au-dessus de l'éternelle infirmité humaine.

Mais maintenant, oh! maintenant, s'ouvrait devant lui un grand jour d'espoir, l'espoir bienfaisant qui relève les découragés et leur fait poursuivre le chemin. Désormais il ne caressait plus le rêve d'être aimé par elle à la façon dont il l'aimait; au lieu de vouloir qu'elle s'identifiât à lui, il s'identifierait à elle, la suivrait dans les détours où elle se complaisait; et l'ayant pénétrée enfin, ayant vu à travers ses claires prunelles, sous la tromperie du masque, son âme toute nue, alors seulement il la dominerait, et serait aimé.

Cependant ils causaient, et leur causerie avait pris ce ton familier d'autrefois, un ton aisé et presque gai. Elle lui racontait son voyage, mariant drôlement ses sensations mondaines à ses impressions d'art; et il l'écoutait, ne disant rien encore de ce qui était sur ses lèvres, tout au bord, et que ses regards à elle encourageaient pourtant. Quand elle se tut, il y eut un silence d'attente durant lequel il se demanda avec un peu de fièvre comment il allait commencer. Et ce fut beaucoup plus simple que tout ce qu'il avait prévu. Un journal sur une table lui fournit l'occasion qu'il cherchait.

— Vous n'avez pas vu ? dit-il. On fait une assez curieuse enquête dans ce journal, une enquête sur l'amour. L'idée est originale. Un jeune monsieur à lunettes est venu avec gravité me poser quelques questions. Que pensez-vous, par exemple, des femmes qui flirtent ? Oh ! moi, je suis très net sur ce point : une femme se donne ou ne se donne pas, les femmes qui flirtent sont des perverses ou des déloyales.

Comme elle souriait sans approuver ni réfuter, il demanda :

— N'est-ce pas votre avis ?

Elle ne répondit pas, souriant toujours. Il avait pris le journal, que ses yeux distraitement parcouraient. Alors, très grave, elle dit :

— Mon ami, êtes-vous bien sûr de ne pas être injuste ? Accuser les femmes d'être déloyales ou perverses parce qu'elles ne satisfont point vos impatiences, c'est ne pas les comprendre et risquer d'en souffrir. Voyez-vous, vous autres, hommes, avez une façon de sentir qui n'est pas la nôtre et vous n'en tenez pas assez compte. Quand vous parlez d'amour, vous entendez la possession ; la réalité brutale vous paraît être l'absolu bonheur, et vous ne vous demandez pas si, après ce bonheur d'une minute, le désenchantement ne viendra pas. Notre sentiment a plus de nuances parce que notre âme est plus complexe ; l'amour, pour nous, c'est la constante illusion, la bienfaisante magie que nous nous préoccupons surtout d'entretenir. Comprendre une femme, mon ami, ne veut pas dire qu'on est psychologue, cela veut dire qu'on a le sens fémi-nin, un se-

cret instinct qui vous fait discerner les nuances de notre sentiment. Cela ne s'apprend pas, et toute votre psychologie est impuissante à y suppléer. La femme a besoin que, par instants, vous lui obéissiez, que, par instants aussi, vous sachiez la vaincre, tout est là. Or, une femme un peu délicate ne vous pardonnera pas de vous tromper. Et dites-vous bien qu'il est toujours une minute où il faut agir, où il

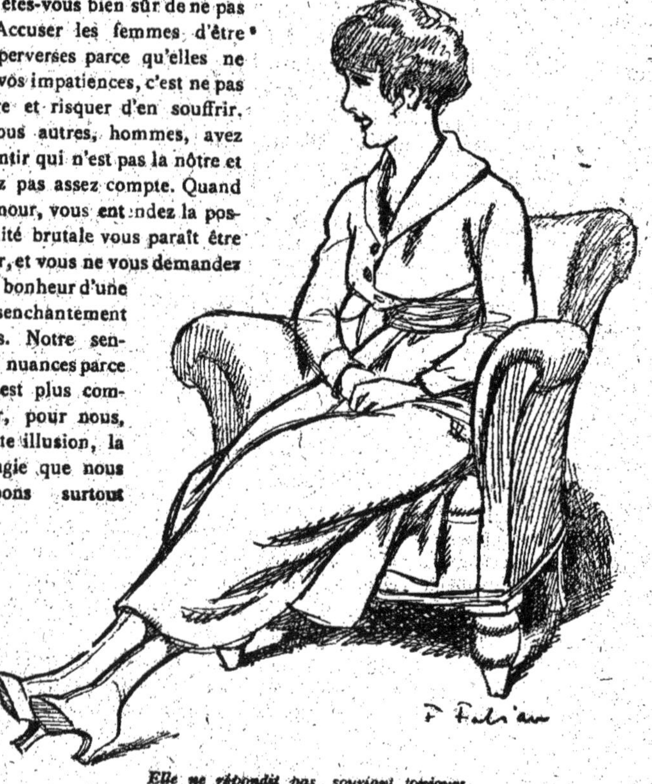

Elle ne répondit pas, souriant toujours.

faut faire tel geste pour vaincre, et que si vous ne le faites pas, elle ne vous dira pas de le faire...

Ils se regardèrent, et dans ce mutuel regard leurs âmes se touchèrent. Alors, s'étant levés ensemble, d'un même mouvement ils s'étreignirent.

— Hélène, dit-il.

— Serge.

Les yeux clos, fous d'imprudence dans ce salon où les gens pouvaient entrer et les surprendre, leurs lèvres s'unirent. Ce fut une minute de suprême douceur et d'anéantissement.

— Pourquoi es-tu partie ? interrogea-t-il, quand il put parler ; pourquoi cette épreuve ?

— J'avais peur de t'aimer, murmura-t-elle très bas.

— Et maintenant ?

Dans ses bras, toute à lui, les yeux dans ses yeux, heureuse de son bonheur, elle répondit :

— Je t'adore !

FIN

IMPRIMERIE CRÉTÉ
CORBEIL (S.-ET-O.)